Dans la queue
le venin

CLARO

DANS LA QUEUE LE VENIN

L'ARBRE VENGEUR

DU MÊME AUTEUR

Ezzelina, Arléa, 1986.

Insula Batavorum, Arléa, 1989.

Le Massacre de Pantin ou l'Affaire Troppmann, Fleuve noir, 1994.

Éloge de la vache folle, Fleuve noir, 1996.

Livre XIX, Verticales, 1997.

Enfilades, Verticales, 1998.

Tout son sang brûlant, La Pionnière, 2000.

Chair électrique, Verticales, 2003.

Bunker anatomie, Verticales, 2004.

Black Box Beatles, Naïve, 2007.

Madman Bovary, Verticales, 2008 ; Babel n°1048.

Le Clavier cannibale, Inculte, 2009.

Mille milliards de milieux, Le Bec en l'air (avec des photos de Michel Denancé), 2010.

CosmoZ, Actes Sud, 2010 ; Babel n°1202.

Plonger les mains dans l'acide, Inculte, 2011.

Tous les diamants du ciel, Actes Sud, 2012.

Cannibale lecteur, Inculte, 2014.

Les souffrances du jeune ver de terre, Babel Noir n°100, 2014.

15 rue Berthomé
33400 Talence
www.arbre-vengeur.fr

pour Pierre Demarty

~ 1 ~

All you need: Istanbul

1

Dans l'avion qui l'emporte, que dis-je, qui la transporte jusqu'aux portes d'Istanbul, la fringante Pomponette Iconodoule – et je te jure, lecteur, que c'est là son véritable alias ! – s'interroge. Et par là même interroge en elle tout locataire d'ici-bas voué aux errances. Elle se demande bien, se demande mal aussi, pourquoi elle a choisi, en guise de destination, pour ne pas dire de destinée, Istanbul plutôt que Culmont-Chalandrey ou Chicago, quand soudain ! *cliqueti clique-ta !* un bruit de glaçons qui dansent, de bouteilles riquiquis qui cliquettent (tels de tintinnabulesques clitoris, pense, musicale, Pomponette), le frou-frou celluloïdal de micro sandwiches emballés, les puissants bâillements des journaux internationaux déployant leurs ailes mouchetées de caractères noirs et boursiers, bref, une symphonie qu'aucune baguette ne saurait dompter et qui s'accompagne d'une ola d'affamés humains entassés dans l'habitacle de l'avion : les têtes sortent de la haie des rangées, gîtent comme sous l'effet d'une brise, puis se superposent dans la perspective qui mène au chariot attendu : c'est l'heure de la collation, et le personnel naviguant, telle une mère pélican prenant conscience mais comme à regret de ses devoirs, s'en va nourrir, avec une régularité métronomique, l'ensemble de sa couvée ceinturée, se voûtant se relevant avec cette grâce qu'on sait fortuite et nécessaire.

Chacun se découvre une soif saugrenue, un goût subit pour le jus de tomate, chacun cède à des envies de parturientes, se sent en droit de réclamer qui un supplément de céleri qui un revenez-y de vodka. Les plateaux se sont abaissés et il suffirait d'une flopée de bavoirs pour ramener cette humanité en suspens à sa condition infantile.

Pendant ce temps, à quelques mètres sous le cul des zozos migrateurs, les nuages molletonnent tranquillement la nue, leur couette déchirée çà et là par des flaques vides et bleues. Aucun oiseau, bien sûr, pas le moindre delta-planeur, le ciel est un lavis que plus rien n'entache. Un enfant laisse ou fait tomber un jouet – la différence entre ces deux bourdes étant pour le moins spécieuse chez les polymorveux – et les lois de la gravité envoient rouler l'objet faussement transitionnel dans la forêt des pieds jusqu'à un imaginaire trou de golf qui l'avale. La crise est évitée : les parents du bambin lui collent un minuscule écran sous les yeux et le petit redevient zombie inoffensif. Un type immense, qui doit marquer des paniers au basket un peu comme vous et moi postons une lettre, se lève, non ! se déplie ! se déploie, et s'adonne à des étirements assez mystérieux, il lève la patte comme une grue (l'oiseau) puis tend un bras comme une grue (l'engin de chantier). On le comprend, car si l'engourdissement venait à le prendre, il deviendrait certainement chêne ou mirador. Ses proches voisins ont la désagréable impression d'être des gnomes confits dans le baquet de leur siège.

L'avion, à l'instar de ses otages consentants, ne s'occupe plus que de son assiette. Le bruit des moteurs est si assourdissant qu'on – et c'est logique – ne l'entend plus. Le monde est devenu vacarme, on peut donc se détendre.

Mais voilà que l'hôtesse à la solde de Turkish Airlines plante son regard duty free dans les yeux de Pomponette et lui demande dans un roulement de cédilles si elle préfère la *meat* ou les *pasta*, interrompant du coup ses pensées.

Choisir, il faut choisir, encore et toujours, comme au temps des religions proscrites et des dangereuses intuitions cosmogoniques ! La terre est-elle plate ou non ? Jésus notre sauveur ou pas ? Procréer une bonne idée ? Pomponette se doutait bien que toutes ces questions, et surtout celles ayant trait aux mets conditionnés en plein vol, se poseraient bientôt à elle, lorsque, lasse de l'aride

Europe aux coûteux parapets, elle s'était opodotcomisée vers une destination au, oui, elle l'espérait, soleil, avec pour improbable nadir les bras musculeux de son amant Soliman Rastaquouère. Car c'est pour lui qu'elle s'exile sans doute ainsi, pour lui et son sexe-sabre qu'elle a fait chauffer sa visa et pris huit jours de congé. Même si, bon, ô funeste détail, elle ignore son adresse…

Du vin, oui, *wine but white*, une petite bouteille de 27 cl, *lütfen very much*, merci (qui plus est en turc), et tant pis si l'hôtesse feint de ne rien comprendre au berlitzeries de la môme Iconodoule et lui sert dans un premier temps une mousse à la crevette morte et un gobelet de jus d'on préfère ne pas se demander quoi. En avion, le mot « menu » cesse d'être un substantif pour redevenir cet adjectif ingrat qu'on réserve d'ordinaire aux enfants qui devraient manger plus. En avion, une demi-portion ne nourrirait pas un avorton.

La tablette abaissée vibre un peu. La carlingue du Boeing semble attaquée par des béliers, les accoudoirs des sièges comme habités par des frelons. Le commandant de bord annonce dans une belle pluralité de langues que l'avion va kncjhrrrrzzzefkh xqZJrrr-rzzzHG zzrrnksdlblj incessamment. Faut-il s'inquiéter ? Personne n'a envie de se kncjhrrrrzzzefkher, même avec le gilet de sauvetage qui se gonfle à la paille, la chose est entendue. D'ailleurs, Pomponette se voit mal flotter dans une mer de débris, ceinte d'un de ces disgracieux vestons qui vous changent en baril, et qui permettra de vous retrouver facilement quand, trois jours plus tard, le ressac vous déposera sur un rivage, incommodant baigneurs et méduses.

2

Les trous d'air sont là pour nous rappeler que l'atmosphère terrestre est un vide mal entretenu, truffé d'invisibles nids-de-poule et sujet à d'inconfortables dérapages aériens. Aucun amortissage moelleux à espérer du côté des couettes pâlottes qu'ils survolent actuellement. La couverture nuageuse est comme la tendresse humaine : de loin elle rassure, mais à peine éprouve-t-on sa résistance qu'elle se disperse en lâches lambeaux. Leur avion doit survoler l'Italie, ou la Bulgarie, peu importe, Paris n'est déjà plus qu'un pois chiche à l'ouest de l'Occident, une bourgade livrée aux touristes et aux désœuvrés, bref, une cité étanche à l'amour et rétive aux minarets. Et sweet Pomponette de soupirer comme on souffle une bougie d'anniversaire en trop : elle ne connaît en effet de la Turquie que l'ombre virtuelle de la Corne d'Or, entrevue sous des draps tendus, à même le cuir enivrant d'un amant provisoire, le peu loquace Soliman Rastaquouère. C'est dire si son ignorance est torride.

Elle serre les fesses, car la puissance de l'esprit est telle qu'il sait neutraliser la peur par d'habiles contractions. Elle anticipe le prochain trou d'air, ludion découvrant les joies de l'ascenseur. Le prochain trou d'air se révèle toujours plus gourmand, il vous aspire le cœur et l'envoie clapoter dans votre vessie, tandis que les racines de vos cheveux frisent et qu'une tempête de sueurs urticantes vous agace les tempes. Pour se rassurer, on se dit que les accidents sont rares, voire rarissimes, mais bon, on n'est jamais à l'abri d'une élection de Miss Rarissime, non plus. Que faire si l'avion pique du nez comme un ambassadeur sénile dans le clair potage ? On sait à l'avance qu'on va crier comme dans les films, donner des coups comme pendant les matchs, s'écraser au plafond comme dans les pires cauchemars. On perdra tout, le nord, son temps, ses affaires et ses projets, on sera contraint d'enfoncer son nez dans la bedaine du voisin, d'écraser du pied le rictus de la plus proche gamine, et au final on ne gagnera rien, même pas une place au paradis, on finira pulvérisé, l'index gauche fiché dans l'orifice d'un inconnu – car les voies du désastre sont impénétrables (au moins ont-elles cette chance).

Pomponette résiste néanmoins, sachant que des chamboulements moins hollywoodiens la guettent, dans un avenir qu'elle espère aussi proche que le DDCDE (le Dossier Du Connard Devant Elle), lequel s'incline, s'incline, à croire qu'il va finir en position horizontale, auquel cas Pomponette se fera un plaisir de planter dans les yeux de l'importun les baguettes qu'elle aurait bien aimé qu'on lui serve avec le riz cantonais dont elle attend en vain l'apparition devant elle.

Vrai, les voyages en commun, même à des tarifs scandaleux, sont propices aux haines fugaces. On comprend mieux ces pèlerins d'antan qui préféraient user leurs sandales sur les sentiers de traverse, en solitaires, plutôt que de tendre le pouce et d'ensuite se farcir pendant cinquante verstes les commentaires météorologiques du charretier de passage. La prochaine fois, c'est promis, elle ira en Turquie à dos de chamelle – ou se saignera aux quatre veines pour se payer un billet en classe affaires.

3

Pomponette réclame bientôt une nouvelle mini-bottle, heurtant du coup les convictions musulwomanes de l'hôtesse et réveillant son voisin d'accoudoir, un jeune trader qui croise et décroise douloureusement les jambes à chaque goulée qu'avale notre Pomponette, comme si un douteux mécanisme associait chez lui déglutition et érection.

Dix minutes plus tard, Pomponette dort, de ce sommeil de noyé dont seules les altitudes de 12 500 mètres ont le secret. L'heure se décale d'elle-même dans l'horloge biologique de Pomponette Iconodoule, tik-tok, tok-tik, chaque petit rouage saute un cran, le fin sablier de ses espoirs forme un cône aux flancs fragiles. Un grésillement d'ud, involontairement produit par les réacteurs, s'insinue dans les oreilles de notre nympho : car oui : : bientôt : : : Byzance.

Elle dort, certes, *mais pas dans son rêve*, pas si folle, et son rêve est ainsi fait qu'elle y fait ce qu'elle veut, et même un peu davantage, profitant de l'absence de son surmoi pour visiter la grande galerie des vices. Des inconnus familiers, vêtus de leur seule concupiscence, se pressent contre elle, la tentaculent à qui mieux mieux, l'inspectent avec insistance. Elle se laisse grignoter, elle vire et vague au gré des propositions et des soulèvements, non pas femme-objet – nul objet ne saurait avoir autant d'ambition – mais femme-bougie, infiniment soufflée, renflammée, son corps lisse et blanc concentré en une flèche ardente, et qu'importe le culte pourvu qu'elle atteigne le nombre idoine de degrés. Dissimulée derrière ses paupières d'assoupie, elle se laisse véhiculer par des vits volés à la va-vite dans l'évident vide de ce vol véloce, l'allitération n'ayant d'autre but ici que de jeter un voile pudique et sonore sur ce qui, dans le fantasme de Pomponette, équivaut somme toute à une bonne vieille scène de cul dans un film méritant un dix latin.

Sommes-nous encore nous-mêmes quand nous rêvons ? Quelle bête en nous secoue ses poils et agite ses pattes ? Quel est ce glaive à la peau tendre dont nous léchons l'acier chauffé ? Qui sont ces esquimaux qui remplissent ce graal que nous portons à nos lèvres devant un parterre d'ours bleus ? On l'ignore. Le rêve est une cuisine qui mélange les recettes. Le cerveau, épuisé par la vie en surface (déclarations d'impôts, clafoutis ratés, files d'attente à la Sécu et réflexions oiseuses), en profite pour ouvrir en grand les portes de son zoo mental.

Pomponette, quant à elle, ne sait que rêver de sexe, c'est ainsi, c'est son lot, sa soupape, il faut qu'elle rêve jambes en l'air et ardents pistons ; à peine s'abandonne-t-elle à la somnolence qu'elle est la proie de moites crispations. Elle jouit souvent, à son insu, dans ce hiatus paradoxal dont s'enorgueillit le cerveau et qui est, paraît-il, le quotidien des dauphins et l'aubaine des très vieux sénateurs.

Une main, bien réelle celle-ci, un peu trop même, se pose soudain sur son épaule et la secoue délicatement, mais peut-on encore parler de délicatesse quand la chose s'éternise, quand la main se fait poigne et la poigne étau ? Pomponette ouvre un œil, et celui-ci, où se mirent encore des fouillis de chair et des giclées de presque lait, distingue, la surplombant, l'hôtesse qui, roide et revêche, lui désigne, d'un index qu'on imagine mal complice, son bas-ventre. Encore sonnée, Pomponette connaît un court instant de panique, telle une ampoule mal vissée qui n'ose éclairer la scène du crime. Puis elle comprend : la ceinture. Il faut se ceinturer, et chastement, c'est la loi ici-haut.

4

Afin d'assouvir sa soif de curiosité stambouliote, Pomponette Iconodoule se force à lire (pardon: à parcourir) un livre du nobélissime Orhan Pamuk, qu'elle trouve d'abord mal écrit, puis mal traduit, puis de nouveau mal écrit, jusqu'à ce qu'elle comprenne, au détour d'une phrase au déroulé arthritique, qu'Orhan n'y est pour rien, ou si peu: le coupable c'est Proust, ce maudit Marcel qui a placé si haut la barre de la réminiscence que toute tentative pour percer les arcanes farineuses du magic loukoum ne peut que se solder par une éruption de caries verbales. *So long*, donc, Pamuk, et sans rancune.

Heureusement, la lecture de la revue institutionnelle, glissée par une main charitable dans la pochette arrière du siège de devant – comme tout est étudié à défaut d'être pensé… –, juste à côté de la poche à vomissure – comme tout est symbolique – la rassure quant aux aspirations littéraires des humains: plus le papier est glacé et plus le message glisse. Pomponette Iconodoule consulte ensuite, pour la première fois de sa jeune existence, la fiche colorée où est détaillé le protocole de survie pendant et après l'amerrissage forcé. Elle trouve les positions scabreuses et les indications fumeuses, mais le large et pneumatique toboggan qu'elle s'imagine dévaler l'excite un peu – elle repense du coup à Soliman Rastaquouère…

Peut-être aurait-elle dû mieux planter ses ongles (les siens, à elle, puisque les pronoms favorisent la confusion dès lors qu'il y a préliminaires) dans ses omoplates (à lui), et sourire, oui, sourire un peu plus, même dans le noir, ça n'aurait fait de mal à personne, tant il est vrai qu'un soupçon de joie, voire un accès d'hilarité, peut profiter aux ébats, lesquels ne sont pas, somme toute, de sinistres échanges de fluides, mais une forme intime de fête, une charade à deux où l'on ne cesse de donner sa langue au chat qu'est, miaulements obligent, l'autre.

Même dans l'obscurité, l'amant a le devoir d'exprimer ce qu'il ressent, et l'effet que lui fait telle sensation, et l'effet que lui fait cet effet, et ce dans une mise en abyme de plus en plus frénétique, jusqu'à l'explosion concomitante des ultimes impressions. Cela dit, un peu de lumière est parfois souhaitable, non seulement pour vérifier que l'autre n'a pas le regard vague et vitreux de qui pense à son toit qui fuit, mais également pour admirer ce paysage dont nous sommes faits. Pomponette a plus d'une fois constaté que l'amour pratiqué en chambre obscure a quelque chose d'inquiétant et procure même un étrange malaise, comme si l'on ne savait plus trop combien on est à s'agiter sous les draps, alors qu'un chouette rayon de soleil judicieusement disposé sur la verge ou le con confère au tableau une aura champêtre, quasi mystique, transformant la scène en vitrail, et rendant la profanation encore plus délicieuse. Pomponette n'est pas du genre à fermer les yeux au moment de happer l'hostie.

Un nouveau trou d'air, plus saccadé, lui inflige une sorte d'orgasme à rebours : sa langue se replie en bigorneau et se love contre la voûte asséchée de son palais, elle griffe les accoudoirs, replie les orteils dans ses louboutins, tandis qu'au fond de ses tympans bourdonne un sang pataud. Elle sent son nombril se rétracter et pense au sarouel qu'elle aurait pu s'acheter si son avion ne s'était pas écrasé juste avant d'atterrir.

Le calme revient enfin, comme un conjoint qui arrête de bouder à l'approche du dîner. Le signal lumineux s'éteint, chacun se déboucle, tire sur sa jupe ou rajuste ses épaules de lin. Le commandant Debord – fallait-il vraiment qu'il s'appelle ainsi ? – annonce à ses ouailles qu'il fait actuellement une température de trente-trois degrés en devise Celsius à Istanbul. Pomponette, rassurée, s'essuie les lèvres, comme après une gâterie.

5

Pomponette ne s'est pas privée d'amener avec elle, outre du henné et des limes à ongles, quelques préjugés qu'elle a bien l'intention de briser menu. Plutôt que de rallier Istanbul en niaise visiteuse, elle s'est fabriqué à dessein un petit postulat qu'elle a ainsi formulé : le Turc est un Arabe qui aurait mérité d'être Juif mais qui finira Européen (tant pis pour lui). Elle a décoré ce postulat de coquets corollaires :

1. Byzance est le rêve que fait Istanbul quand Constantinople se réveille ;
2. Le Bosphore est toujours ou trop étroit ou trop large ;
3. Le Bazar mérite bien son nom ;
4. Bayezid II et Bartholomée Ier auraient pu se fouler un peu plus ;
5. Beşiktaş est le PSG ottoman
6. Pourquoi tout ce qui fait rêver et déçoit commence-t-il pas la lettre « B » ?

Lasse de ces ronflantes ruminations, Pomponette se fait les crocs sur d'intrigants kebabs sonores : Kemal Atatürk, Üsküdar, Kuzguncuk, Ankara, Topkapi, Kapalı, Kariye kilisesi, Kadıköy, et en conclut avec un naturel qui la confond elle-même que la Turquie est plus hérissée qu'elle ne le croyait. Comme incommodée par cette haie de « k », elle redemande du vin blanc à la froide hôtesse qui opine, ou acquiesce, ce n'est pas très clair, mais ne la sert pas. La gorge de Pomponette n'a d'autre recours que de s'abreuver de désaltérantes syllabes : Anatolie, loukoum, Dolmabahçe, Abdülmecid... Elle trouve enfin l'expression parfaite pour sa soif : Ayasofya. « Ayasofya » articule-t-elle d'un air suppliant au dossier qui lui fait solidement face et se redresse alors, comme actionné par un ressort.

Pomponette soupire. Le seul roulis lacté du mot *ayasofya* dans sa bouche lui a donné des envies de fellation. Elle ne pense décidément qu'à ça. Ou plutôt, « ça » ne pense qu'à elle, la « chose » et elle ne faisant qu'un, le besoin de baiser devenant plus impérieux chaque jour, comme si la répétition, loin d'user la trame, la rendait encore plus vibrante, et qu'à force de s'envoler à coups d'orgasmes Pomponette accédait à des secrets qui ne sauraient se confier qu'en longs et délicieux bouche-à-bouche tandis que la main écarte, que la main tâte, les doigts plus curieux que des agents de la Stasi, le nez les oreilles les aisselles et tout ce qui va avec réclamant eux aussi leur part.

Ça a commencé tôt, à l'époque où ses copines pensaient encore qu'un mec ça s'accroche au mur de la chambre, entre deux posters de poneys. Et ça n'a fait qu'empirer, malgré les déceptions, les débandades, les retournements de situations qui n'en demandaient pas tant. Elle a enfilé les liaisons comme des perles, perdant le fil, laissant rouler sous ses pieds les souvenirs sans jamais trébucher, attentive seulement à avoir toujours un amant sous la main, prenant plaisir à le décortiquer, aimant lui ôter les chaussettes avec le bout de son orteil, même si c'est long et compliqué, aimant éprouver l'élasticité de son caleçon – lequel se comportait alors de plus en plus en tente Quechua.

À ses yeux bachiques, les préliminaires composent le plat de résistance, elle les étire en longs filaments tactiles, tissant sa toile hyper sensible autour de son partenaire, qu'elle attache parfois mais en général préfère libre de ses mouvements, le dégustant l'essayant l'agaçant, soucieuse de tirer de lui autre chose que des promesses, autre chose que des serments, cherchant sans cesse à l'allumer de l'intérieur, et à cet égard elle doit bien convenir que Soliman Rastaquouère était une vraie centrale électrique à lui tout seul.

Oui, Pomponette a besoin de baiser à intervalles plus frénétiques que réguliers, même seule, même du bout du doigt. Certes, un homme n'est jamais de trop pour aider ses formes à s'assouplir et ses muscles à se tendre, mais un homme peut parfois ressembler à une pub pour la pagaille, et rien de pire, non, rien de pire qu'un partenaire qui semble se livrer à une laborieuse varappe ou pratique la levrette comme un joueur de flipper distrait. Rien de pire qu'un quidam qui caracole en jockey quand il faut réapprendre l'art de la dentelle. Et puis, comme le sait pertinemment Pomponette pour en avoir discuté avec ses sœurs en orgasmes, certains hommes ont la fâcheuse manie de s'imaginer manivelle et de guetter, en anxieux routards, le fier crépitement de ce moteur qu'ils feraient mieux de frotter au chamois plutôt que de le brusquer à coups de hanche. En outre, depuis qu'ils ont accès à des chaînes spécialisées autres que Disney ou Discovery, les mâles modernes attendent de vous un comportement à base de nuisettes et de godes et ont tendance à bâcler les dialogues. Mais Pomponette leur pardonne leurs pattes palmées et leurs bouches de ragondins quand ils ont la courtoisie de garder leur divine cartouche pour la fusillade finale. Elle veut bien sûr qu'ils jouissent aussi, mais à ses conditions, qu'elle prend soin de leur énumérer d'une pointe de langue dans l'oreille – s'ils savent écouter, ils entendront raison et prendront plaisir à souquer en même temps qu'elle.

Les portables se rallument, les casiers béent. La porte de l'avion s'ouvre sur une fournaise bienveillante.

Marmara, murmure, déjà moite, notre impatiente Européenne.

6

Pomponette aime les longues queues ombilicales qui mènent aux guichets des douanes. Elle apprécie leur progression coordonnée, ou plutôt : *accordéonnée*, pense-t-elle, ces glissements annelés et apathiques qui laissent se propager les ondes de l'attente en petits pas prudents — on avance comme si on muait sur place, mais dans l'espace, quand même, en se dépouillant de sa peau et de ses tares parisiennes, les pieds semblent chercher à tâtons d'imaginaires babouches, la valise teste ses roulettes sur un tapis que taquine l'idée d'envol.

Bien sûr, la lombricité un tantinet lascive de la progression est cause parfois de frictions, et il est important de ne pas se laisser distraire par le spectacle d'un polymorpion hurleur ou d'une pétasse dolchégabanée qui double impunément son monde. En revanche, immense est le plaisir de voir l'ancien et le nouveau s'alterner, les foulards lever les voiles, les samsonits copuler avec les gros sacs bouffis à motifs écossais, d'entendre les cédilles copuler avec les palatales.

La file des prétendants au sol turc semble s'enfoncer dans le chas douanier à mesure que les mouvements de navette s'accélèrent, il va falloir bientôt montrer patte blanche et tester son turc.

Pomponette est un caillot dans une veine dont le sang fragmenté sans cesse se coagule et se dilue. Elle sent le poids des mirettes ottomanes sur son décolleté négligemment impie. « Honte à toi » est-il écrit sur les regards en 16/9e qu'encadrent les tchadors. Presque flattée par ces mutiques condamnations, la môme Iconodoule s'orientalise de l'intérieur et s'imagine un instant bijou, fleur du désert, des sequins sonores poussent sur les balconnets de son soutien-gorge, une perle fleurit au creux de son nombril. Oui, honte à moi, pense, pensive, Pomponette, et la silhouette de Soliman Rastaquouère se détache à nouveau dans l'embrasure de son désir. Vit-il dans l'ancienne ou la nouvelle Istanbul, puisque la ville possède deux temps, deux poumons, deux respirations ? Quel pont mène à lui, puisque la ville est riche en ponts, lancés à l'assaut des eaux telles des lignes de puissants pécheurs ? Dans quel vapür somnole-t-il, entre deux rives, deux mers, deux continents ?

Pas sport, répète, blasé, Küstoman, l'employé des douanes à la moustache poivre et pavot derrière une vitre percée de trous comme si Scarface l'avait baptisée à la Kalachnikov.

Quoi ?

Passeport !

Ah. Troublée, Pomponette Iconodoule récupère fissa la poche de Pamuk qu'elle a posé par inadvertance sur le comptoir et extraie de son sac le fin livret d'épargne de sa nationalité. Le coup de tampon qu'y applique l'austère employé lui contracte les muscles du pubis et elle s'avance dans le grand hall en souriant, un délicat pli de jupe coincé dans la raie de ses fesses déjà consentantes.

7

Comme à New York et à Vierzon, les taxis stambouliotes sont jaunes, et ce sont bien souvent des Fiat, preuve si besoin est que l'Italie et l'or sont les têtus ingrédients des ambulations tarifées. Pomponette adresse au chauffeur un petit geste de la main qui, elle l'espère, n'a d'autre signification que celui de n'en avoir guère. (Elle a hésité néanmoins un instant, se demandant s'il n'était pas impoli, ici, de ne pas prendre place à l'avant, à côté du chauffeur, comme la chose se fait, paraît-il, dans certains pays, ou en province, mais la Turquie a-t-elle adopté ces mœurs louches, elle l'ignore – de toute façon, Takçi-man a laissé à côté de lui un sac en plastique plein de gros piments verts.)

Elle monte à l'arrière et comprend tout de suite que la climatisation n'est pas au menu de ce véhicule qui sent le lait brassé et le chien confus. Mais la vie est odeurs, n'est-ce pas, la vie est sale et belle et folle et qui voudrait s'épanouir dans la salle d'attente d'un cardiologue de Fréjus, franchement ?

Les villes, les vraies villes, celles qui n'ont pas encore succombé aux purifications techniques, sont pareilles aux corps livrés aux visitations du stupre, elles sentent, et sentent fort, elles sont senteurs et même âcretés, elles marient le paprika et le moisi, l'urine et l'essence, la pierre froide et le fer rouillé, la merde et le lilas, comme nous elles se laissent aller et en font trop, vieillissent en résistant, s'épanouissent au milieu des effluves de cocaïne et de menstrues, de paille roussie et de laine imbibée, ivres de couleurs et d'éjaculations sonores, et tant pis si parfois ça pue, tant pis si tout n'est ni hommage aux roses de Saadi ni souvenirs d'encens, car les villes ne se lavent guère et nous trimballent du lupanar des espoirs à l'abattoir des regrets sans prendre la peine de nous essuyer la mémoire.

Ses cuisses nues regrettablement velcroïsées à la moleskine de la banquette arrière, Pomponette annonce, d'une voix sereine : Sultanahmet. *Please.*

8

Sultanahmet : l'antique quartier du vieil Istanbul de l'ancienne Turquie, ponctué des plus belles mosquées (d'obèses églises dépouillées de leurs croix) et sillonné de ruelles qui n'ont rien à envier aux pires traquenards touristiques du Quartier Latin, car on y mange aussi mal et aussi cher, sur des nappes rouges où la cire réinvente la morve. Mais qui irait camper dans le Bronx ou bronzer dans les Pouilles ? Qui aurait l'audace de découvrir la Ville Lumière en s'égarant à Mantes-la-Jolie ? Ce sera donc Sultanhamet. De toute façon, il y a le quartier où l'on réside et celui, mitoyen, qu'on visite, un peu comme il y a la spécialité et le plat du jour. Le cliché et le lieu commun.

« Sultanahmet » : ces quatre syllabes, pourtant distinctement détachées, ne semblent produire aucun effet sur le chauffeur du *taksi*. Le visage de l'homme reste figé dans une expression qui rivalise d'opacité avec le ciel derrière lequel Allah, probablement courroucé, vient de se retirer.

Pomponette répète. Pomponette n'aime pas se répéter, pas oralement en tout cas, et c'est pour elle un supplice, comme de reprendre une douche après avoir pris une douche. La parole n'est pas plus propre au deuxième passage. Elle extrait donc un plan de son sac et désigne le quartier où elle compte, souhaite, aimerait, doit, va se rendre. Le problème, quand on montre du doigt, c'est que souvent le doigt cache l'endroit qu'on voudrait montrer. Un mot au bout de la langue, un nom sous un doigt : la proximité a le chic pour nous égarer.

Le chauffeur hausse les épaules, lève les mains au ciel comme pour cueillir d'improbables fruits, puis entrouvre sa portière. Il l'invite une dernière fois à répéter ce nom étrange dont elle finit par douter, murmurant « sultamanette » avec un aplomb vacillant. L'homme s'en va alors consulter – c'est bien le terme – un collègue, un autre chauffeur visiblement plus expérimenté que lui et qui, comme s'il l'engueulait tout en le rassurant, lui indique le trajet à parcourir.

Pomponette a déjà voyagé et a pu constater plus d'une fois ce fait étrange : même les mots les plus connus deviennent méconnaissables dès qu'on les prononce à proximité de l'objet qu'ils désignent. Ce n'est pas juste un problème d'accent. Vous dites « Eiffel », et voilà que l'autre entend « FL ». Le référent se fait la malle dès que vous posez la vôtre en sol étranger. Il faut de toute évidence avoir un plan : l'œil déguste alors ce que l'oreille bouffe. Même si les plans se comportent souvent comme des éventails se comportant comme des parapluies cassés et que leurs plis, pourtant pré-pliés, semblent prendre un malin plaisir à se déplacer, à ne jamais coïncider. Même si l'endroit où l'on désire se rendre se trouve souvent dans le goulet même d'un de ses plis, comme si le plieur du plan était un plaisantin.

Pendant que Takçiman demande des explications et des précisions à son confrère stambouliote, de toute évidence indien, et que les deux hommes semblent sur le point de se défoncer la gueule à coups de poings ou de devenir les parrains dévoués de leurs enfants respectifs dont ils ont commencé à se montrer des photos – tout ça, une fois de plus, n'est pas très clair –, Pomponette vérifie que le compteur n'est pas trafiqué. S'il l'était, le verrait-elle ? Oui, conclut-elle, car alors il n'y en aurait pas. Quoique. Mais elle refuse de céder à ce vice du touriste, qui consiste à croire qu'on ne l'arnaque qu'au-delà des frontières. Alors qu'on n'est jamais aussi bien tondus que par les siens.

L'homme revient, l'air sombre mais tout sourire, la démarche à la fois désespérée et menaçante, en crachant des pépins de mandarines avec le bel enthousiasme d'une machine à sous affichant trois cerises. Il rend le plan à Pomponette en regardant ses seins comme s'il s'attendait à ce que ces derniers, d'apparence si généreuse, le remercient. Pomponette émet un claquement avec la langue, sans réfléchir, car son instinct lui murmure que c'est ainsi qu'on motive les chameaux et les impudents. Ça marche. Le chauffeur marmonne quelque chose de certainement flatteur, sans doute une allusion au rituel de la lapidation, et donne un coup de poing sur son compteur qui affiche aussitôt la date de naissance de Mahomet.

C'est parti. Pomponette sait qu'au-delà de douze livres turques, elle devra s'enfoncer dans les eaux fuligineuses de la négociation, parade occidentale à l'arnaque, elle-même parade orientale à la négociation. Car à l'étranger, s'imagine-t-on, tout est matière à discussion. Alors que chez soi, bien sûr, le débat suffit. Devenir touriste, c'est redevenir marchand. Qui voyage doit réapprendre à mégoter. Pomponette a cru comprendre qu'en dessous de Poitiers il convenait de se comporter comme dans un immense vide-grenier. Car, quand il n'y a plus d'étiquette, le prix cesse d'être courtois.

Schkrou-grüükh ! La Fiat bondit, fonce, et son incapacité à écraser qui que ce soit en dépit de son évidente bonne volonté meurtrière tient sinon de l'ultime compassion, du moins du miracle. Istanbul écarte alors lentement ses rives sous la pression obstinée du véhicule, dont la force motrice, simple grain de carvi dans l'inconcevable semoule qu'est, vapeur des haleines et cuisson des esprits obligent, la ville.

9

Pomponette Iconodoule a déjà tâté du Turc. Et, si l'on ne craignait pas de forcer sur la pédale adverbiale, on ajouterait : intensément et fiévreusement. Le Turc en question s'appelait, *dixit* ce dernier, Soliman – mais elle n'arrive pas à croire que ce soit là l'exacte vérité, un peu comme un Texan douterait, quoique Texan, d'avoir levé une authentique Marie-France au pied de l'Hôtel du Nord. Nos noms sont ainsi faits que nous affichons leur fallacieuse transparence comme une lucarne sa vitre un peu sale, sans nous formaliser plus que ça des empreintes de doigts qu'y ont laissées les mains des autres. Parce qu'ils nous étaient légués en guise de dot, telles d'inoffensives maladies textuelles, nous les suivons comme des chiens leur maître, persuadés toutefois que c'est nous qui tenons la laisse. Avec le temps, nous prenons tellement nos aises avec nos noms que nous les considérons presque comme de seyants synonymes, alors que ce sont, au mieux, les étiquettes usées du prix que nous ne valons même plus. Mais très peu de Charles s'en vont guincher au dancing de Colombey et il est rare qu'un Alexandre conquière autre chose que le cœur de Suzette. Adolf reste peintre en bâtiment et Marcel vend des pommes d'amour place d'Italie. Soliman avait bien après tout le droit d'être l'unique pacha de son royaume patronymique.

Or donc, Soliman connut Pomponette, et Pomponette connut Soliman, comme à la coquine époque biblique, Soliman auquel elle accola aussitôt le surnom de Rastaquouère, toute ignorante qu'elle était de l'origine du mot, laquelle est espagnole, ledit mot désignant ces riches Latino-américains (Argentins et Chiliens en particulier) qui au début du siècle venaient « racler leurs cuirs » (*rasta cueros*) dans les salons parisiens. (Le métèque tanne. L'indigène gêne. Seul le raciste persiste.) L'eût-elle connue, cette origine, ainsi que le sens qui l'étoffait, qu'elle n'en aurait pas démordu, et l'aurait possiblement d'autant plus apprécié(e) (lui, autant que l'origine). Car si quelqu'un sut lui racler le cuir d'aussi délicieuse façon, ce fut bien le Turc Soliman.

Mais remontons dans le passé à la façon de ces trains omnibus dont on ne sait si l'absence de précipitation est due à l'amour du paysage ou au manque technique de célérité – d'où le lecteur pressé en conclura peut-être que toute digression est un aveu d'impotence narrative, tandis que le lecteur flâneur y verra une occasion de profiter des perspectives. Dans les deux cas, on arrivera – qu'on se rassure.

10

Entrevu, puis repéré, puis croisé, puis abordé, puis aguiché et, *in extremis*, hameçonné, le fuyant Ottoman a failli manquer de peu l'aubaine qu'est, selon elle et quelques autres dont elle a oublié les noms, la délicieuse Pomponette Iconodoule, cette fille pas si facile que ça qui aime ainsi à se définir : « Je ne sais pas ce que je ferais sans moi. »

Heureusement, le monolinguisme de chacun leur permit de passer outre ces préliminaires confus que sont les techniques d'approche orales. Ils purent ainsi éviter la fastidieuse partie de ping-pong qui fait que chacun renvoie la balle de la curiosité sans que jamais un score ne semble se profiler à l'horizon du filet où le poisson de la complicité attend patiemment son heure (hop, voilà deux sports extrêmes réunis dans la même phrase, mais qui irait s'en plaindre ?).

Résumons : Pomponette ne parlait et n'entendait que le français, alors que Soliman ne jurait qu'en et par le turc. Ils ne pouvaient donc pas communiquer par les voies traditionnelles de la méprise.

Chacun se fendit donc de ces mots abscons qui réveillent la peau et stimulent l'imagination au point de les faire, respectivement, rougir et s'épanouir. Ils recoururent également à la gestuelle pour aider certains termes à faire mouche. Il y a un intérêt évident à ne pas se comprendre, comme il y en a un à ne pas entrer tout de suite dans une pièce : on s'habitue au seuil, et le plaisir qu'on éprouvera à le franchir n'en sera qu'accru. Soliman et Pomponette piétinèrent si longtemps sur le seuil de leur rencontre qu'ils le trouvèrent tout ciré de frais et même vaguement glissant quand vint l'heure de le franchir – l'humeur était déjà à la glissade, voire à la galipette.

Précisons que leur entretien, qui se déroula sans l'aide d'interprète – nul ONU alentour – se corsa du fait, possible voire probable, que Soliman feignait de ne point entendre la langue de Pomponette – mais c'est là une ruse auquel recourt souvent le mâle à son insu. Avant d'échanger de la verroterie, on a tout intérêt à faire le sourd, histoire de gagner du temps – ce que savent d'instinct, d'ailleurs, les plus niais conquistadors.

Leur entretien vira assez vite à l'embauche, et ils travaillèrent si l'on peut dire main dans la main à la confection de moments naguère destinés à la reproduction. N'ayant pas à s'embarrasser du double sens des mots et des allusions raffinées, comme sont contraints de le faire ceux qui sont plus habiles avec la langue qu'avec leur langue ; ne pouvant s'entendre autrement qu'à la force du poignet ; n'ayant d'ailleurs aucune envie de se raconter leurs vies ou de se perdre dans le commentaire du monde, ils gagnèrent un temps fou et purent baiser comme des bonobos.

Les cris qu'ils poussèrent, les râles qui leur échappèrent, les morphèmes déformés par le plaisir qui se glissèrent entre eux : tout ça fut compris comme la pulpe comprend la dent qui l'entame. Quand il faut goûter, il faut goûter, pas besoin d'être polyglotte pour s'essuyer le menton quand le jus y scintille.

11

Ils passèrent trois jours ensemble sans guère sortir de leur chambre d'hôtel, enseignant à leurs dos le braille tiède des murs et à leurs nuques la récurrente cataracte de la douche, entre de brusques dégustations et de lentes fringales. Encore ! réclamait-elle d'une voix étrillée par les cris. Üztluk ! râlait-il plus ou moins en mordillant l'élastique de sa culotte. Flaubert aurait pu les narrer, Gautier les versifier. MTV les censurer.

La chambre où ils forniquaient était spartiate mais leurs ébats dignes des Thermopyles. Ils ne marquaient que de brèves pauses pour se faire monter, par le miracle d'un douteux room-service, des collations qu'ils prenaient sur le ventre ou les fesses de l'autre tant le corps humain, dûment honoré, se prête à tous les banquets – qui chantera la fête qu'est une fraîche burrata dégustée à même la coupelle du *mons veneris* ? le plaisir acide que sont quelques copeaux de cheddar disposés tels des cailloux sur le dos de l'aimé, quand on sait que le petit Poucet cédera vite la place à l'Ogre ?

Ils s'embrassaient après avoir pris une gorgée d'un vin qu'ils n'avalaient pas tout de suite afin que le liquide puisse s'épancher d'une bouche à l'autre en se croyant encore raisin. Il mordait dans sa tartine ; elle lui reprenait la bouchée à même ses lèvres (à lui), avec ses dents (à elle), dont il éprouvait aussitôt la puissance de persuasion. À peine étaient-ils rassasiés qu'une faim nouvelle les convoquait à la table du désir dévorant.

Pomponette recourait aux mains de Soliman pour faire rosir ses fesses ; Soliman profitait de la souplesse des cuisses de Pomponette pour la laisser lui boucher les oreilles. Elle lui demandait d'appuyer la plante de son pied (le sien, à lui) sur son sexe (le sien, à elle) et il se découvrait soudain un talent de grand accélérateur.

Debout devant la fenêtre, elle attendait en trépignant qu'il comprenne que la vue c'était elle, et ne se retournait pas quand il approchait, préférant cambrer légèrement cette partie du corps qu'elle ne regrettait plus de savoir dotée de pratiques et moelleuses poignées. C'était délicieux, comme tout ce qui prend son temps avec précipitation. Et Soliman d'honorer l'esprit de la levrette comme si c'était une biche d'exception et onze heures trente du matin l'heure idéale du brame. Elle engainait son sabre autant qu'il polissait son ciboire, célébrant ainsi les guerres de religion à leur inoffensive façon. Même en dormant il leur semblait qu'ils le faisaient encore. C'était à peine une impression.

Puis le Turc s'en retourna d'où il venait, à savoir, à l'en croire, Istanbul, omettant de laisser une adresse mais laissant un faux numéro de portable, promettant avec force gestes accueillants, qu'elle serait la bienvenue dans son antre stambouliote. Les premières démangeaisons de l'amour urticant s'étaient emparées de lui, et il n'osa pas révéler à Pomponette à quel point il était fort peu turc et carrément mordu de ses charmes. En mâle préférant la chasse à la cueillette, armé d'un courage dont on ne trouve d'équivalent que chez la comète, il ne s'attarda pas et fonça se réfugier au bout de la galaxie, dans le neuf-trois.

~ 2 ~

Soliman esseulé

1

Soliman s'est promis de ne jamais remettre le pied à Istanbul mais après tout Orly n'est pas Paris, il peut encore changer d'avis, monter à bord du vieux jouet ailé des Turkish Airlines et, comme à reculons, si les réacteurs le veulent bien, retraverser l'Europe et réintégrer le taudis stambouliote qu'il a quitté il y a… disons à sa naissance, puisque sa mère l'avait déjà au bout de l'ombilic quand elle a fui la Corne d'Or.

Pourquoi est-il là, en ce dimanche gonflé de pluie, planté devant les guichets de réservation ? Aucune idée, et lui non plus. Il voit, à travers une baie en plexiglas et anti-nostalgie, une soixantaine d'ex-passagers, qui scrutent stupidement la lente reptation du carrousel, sur lequel ne défile qu'un seul bagage, toujours le même, un gros sac à dos rouge dont personne apparemment ne veut. Le sac à dos en est à son septième rappel, et toujours pas d'ovations. Finalement, une voix rompue aux contretemps oriente la foule des attentistes vers un autre tapis, identique, mais différemment numéroté. Tel un banc de poissons ayant perçu un signal sonore, le gros du fretin oblique à trente-cinq degrés et se déplace au gré des courants vers le nouveau bassin. Soliman soupire et s'en va reprendre son vil RER. À quoi bon s'exiler quand on n'est bien nulle part.

Mais va la retrouver, lui avaient dit des amis communs, qui n'en pouvaient plus de le voir se changer jour après jour en carcasse de gnou oublié sous le soleil. Elle est à Istanbul en ce moment même ! Elle te cherche !

Il avait opiné mais comme on pose la tête sur le billot. De là son escapade à Orly.

2

La vie de Soliman ne prête guère à rire. Des psys seraient prêts à payer pour qu'il s'horizontalise sur leur chesterfield et déballe ses soupçons, ses phobies, ses craintes au carré. L'olibrius est un fait divers à lui tout seul : il est à la fois le témoin lâche, l'agresseur impuni, la victime consentante et l'inspecteur corrompu, le juge complice et le maton aveugle, l'agent de réinsertion énamouré, la veuve accueillante. Damned ! Son crime principal – le simple fait d'être – lui cause des remords aussi vivaces que des crabes conviés au nettoyage d'une carcasse : sa conscience. Il s'en veut de respirer le même air que soi-même et tente tous les jours l'impossible : divorcer de sa propre personne. Mais ses velléités sont battues en brèche par le grand besoin qu'il a de s'auto-amadouer, car plus molle est la carapace, plus vite s'incruste en elle les éclats de la compassion. Il se déteste à la va-vite, au débotté, à défaut d'autre chose. À vrai dire, il ne sait pas trop où il en est, ni même s'il en est.

Son existence l'inquiète par principe. Ajoutez à cela qu'il est extrêmement susceptible et que chacune des flèches qu'il se plante dans le flanc lui tire des larmes de bourreau, et dès qu'il a fini de s'innocenter il se dégoûte, c'est sans fin et ça ne lui plaît guère. Heureusement, les autres n'y voient que du feu : ils pensent qu'il est sujet aux migraines.

3

Soliman n'est pas plus stambouliote que vous ou moi, on l'aura compris (si vous êtes stambouliote, ne tenez pas compte de la phrase précédente). D'Istanbul, il a hérité, par capillarité génétique, la fracture, l'entre-deux, l'inépuisable valse de l'être. De Paris, il a écopé tant de coups et de revers que pour lui chaque arrondissement n'est qu'une étape dans un fastidieux jeu de l'oie qui va de la case départ à la case… départ. À peine est-il parvenu aux rives du marigot Amour qu'un puits s'ouvre sous ses palmes, une souille de solitude où il doit patauger pendant au moins trois tours et, comme dirait Du Bellay, beaucoup davantage. Enfant, il savait déjà qu'il serait un nouveau Kéraban, rien d'autre, et que traverser était pour lui hors de question. Moins une affaire de gros sous que de petit honneur. Têtu, l'homme. Contourner les choses était plus qu'un programme : une obligation.

Avec les filles, les détours valaient rarement le coup final. Avec les amis, ça évitait les serments éthyliques et les promesses sobres. En général, il gagnait un temps qu'il n'était pas nécessaire de dépenser ailleurs. Pour le reste, il bricolait, réparait, galérait.

Son ambition : arriver à la cheville d'une Pomponette. Autrement dit : ramper pour mieux s'élever. Mais aller contre sa nature exige la volonté d'un sacré saumon. Soliman était prêt à profiter, pas à se dévoiler. Il était à l'affût, ou aux aguets, comme on voudra, le fait est qu'il se terrait et ne parvenait pas à enjamber les nombreuses haies de complexes et de peurs qui faisaient de sa vie, à ses yeux, une course perdue d'avance.

Il vivait d'expédients, expression par laquelle on laisse entendre que le provisoire a pris ses aises dans le durable. De ses courtes études, il avait surtout retenu le fait qu'une règle en bois sert à faire autre chose qu'à tirer des traits. Il avait un temps envisagé de s'engager dans l'armée de terre, mais trois jours passés en compagnie de bas du front eurent raison de ses velléités belliqueuses. Plus débrouillard, il aurait dealé ; moins empoté, il aurait voyagé. Mais en revanche, racler le cuir, ça, il savait.

~ 3 ~

Pomponette enjôlée

1

Laissant à Mister Taksi un pourboire dont elle ne peut apprécier la générosité faute de conscience arithmétique, Pomponette pénètre dans le hall de son hôtel avec sa valise et le sentiment de s'être fait « ü ».

En effet, le Worst Western Metropole, ainsi qu'elle le baptise illico, s'enorgueillit d'autant d'étoiles qu'un ciel de chiottes peut en contenir, à savoir une, laquelle doit sans doute symboliser un astre mort. La douche, la climatisation, les toilettes fonctionnent, mais à condition de donner au verbe « fonctionner » un sens purement bruitiste. Le lit ne grince pas, car ce qu'il fait s'apparente davantage à un feulement préhistorique. Les rideaux coulissent, dans un sens et dans l'autre, mais leur largeur ne suffit pas à couvrir la superficie de la fenêtre. La vue ne l'a pas volée, certes, vallonnée qu'elle est de terrasses d'où montent chants et fumées, bulbée çà et là de minarets, mais surtout occupée par un immense panneau publicitaire montrant une fille qui éclate de rire en trempant une cuiller dans un yaourth. Le minibar glaçonne médiocrement, comme s'il avait conclu un pacte avec la tiédeur. C'est la catastrophe.

En temps normal, Pomponette se déshabillerait et se laisserait choir sur le lit (après en avoir ôté la couverture) pour, aussitôt, oui, se caresser, mais en s'arrêtant juste avant l'indécente éruption. Une pratique plus courante qu'on le croit, et qui relèverait, à en croire les anthropologues, du marquage territorial. L'animal a sa façon à lui de s'approprier un périmètre, grâce à des glandes qu'on s'abstiendra de décrire dans le présent paragraphe. Pomponette, elle, estime que mouiller un peu à peine arrivé est quand même plus glamour que se mater un porno.

Ça se défend. Une chambre d'hôtel où l'on ne souhaite pas se donner illico un petit plaisir solitaire, volontairement écourté, pour ainsi dire pré-dînatoire, n'est pas digne de ce nom. Les espaces ont eux aussi droit à leurs préliminaires, non ? Mais Pomponette ne se sent pas en confiance dans cette chambre d'hôtel où elle perçoit, alanguies dans les coins, les odeurs d'after-shave et de laque du couple qui l'a occupée juste avant elle. Elle croit même encore discerner dans le miroir les deux silhouettes en short et chemise hawaïenne qui s'y sont béatement mirées avant de sortir acheter des souvenirs. Bref, la pièce empeste l'occupant précédent, et ce piteux passif coupe à Pomponette ses envies de gourgandine.

Trop c'est trop, pense-t-elle en faisant claquer l'élastique de sa culotte dans laquelle elle ne peut se résoudre à fourrer ses doigts qui pourtant hébergent plus de fourmis qu'une gamelle de tapir. Je ne me ferai pas reluire dans ce puisard.

Elle a pourtant choisi son hôtel et sa chambre avec minutie, passant plus d'une heure sur le site du Western Metropole, zoomant sur le moindre réduit, faisant le tour panoramique des lieux, lisant les uns après les autres les commentaires enthousiastes vantant le service et la vue, faisant défiler le menu des menus et la barre des bars. Mais il semblerait que ce qu'on voit ne soit pas ce qui est, contrairement au credo du dieu Wysiwyg.

Irritée, contrariée, Pomponette file au lobby. Elle se sent dans son droit, et quand Pomponette se sent dans son droit, le monde a intérêt à posséder de solides bretelles.

2

En s'avançant vers l'employé de la réception, Pomponette sait qu'elle entreprend une démarche qui peut se révéler fatale, et risque de tout chambouler. Qu'exiger ? La même chambre en moins pire ? Une suite ? Réparations morales et physiques ? Mais Pomponette n'a jamais pris de suite et trouve assez louche le fait que le luxe recourt ainsi à ce terme qui évoque plutôt un épisode sans cesse remis à demain.

Yes, missiz Iconodoule, izair zomzin vrongue ?

Lui revient alors à l'esprit un souvenir si ancien qu'elle sent comme une boule de naphtaline lui servir provisoirement de pomme d'Adam. C'était au vingtième siècle, du temps que son père et sa mère jouaient encore à papa-maman. Ils étaient partis tous les trois en congés vaguement payés au bord de la mer, dans leur vieille Fiat diesel, destination la Normandie, en plein mois d'octobre. Maman Iconodoule avait réservé par téléphone une chambre avec vue sur mer + lit double +

lit d'appoint + petits-déjeuners compris, c'est compris ? Oui, avait répondu la voix préposée à l'accueil. Ce forfait me semble honnête, avait conclu son père sans s'attarder sur la possible ironie de sa conclusion. Mais une fois sur place, après quelques heures glaciales passées à se perdre sur les nationales et les départementales au rythme fandango des essuie-glaces, sous une pluie intermittente et vicieuse, le trio était resté planté sur le seuil, tétanisé, tels les rois mages regrettant amèrement l'existence du GPS et découvrant qu'ils se sont trompés d'adresse.

Il ne manquait au lit parental qu'un peu de paille pour satisfaire aux critères de l'étable, et quant à la couche d'appoint, elle ressemblait à un sarcophage pour mangouste. Papa Iconodoule avait foudroyé son épouse d'un regard d'homme lâche et s'était précipité sans mot dire à la réception où il avait insulté la Ténardier jusqu'à ce qu'elle le menace de poursuites judiciaires. La tribu Iconodoule avait dû non seulement se contenter de ce gourbi mais y passer, pluie oblige, le pire week-end de toute son existence commune.

Voilà pourquoi, au Turc amène de la réception qui est en fait grec mais peu importe, Pomponette préfère répondre que tout va bien, elle sort juste prendre l'air (*I go out just to take the air*), merci.

Puis elle s'immisce, instable en ses espoirs, dans le jour stambouliote.

3

À peine Pomponette a-t-elle fait cent mètres dans la rue poissonneuse qu'elle entend une voix. C'est une voix fervente, sûre d'elle, à la fois humble et pleine d'ire latente. Une voix qui emplit le ciel, crépite sur les toits et les terrasses d'Istanbul comme si elle était de la grêle de vocalises. La voix est ici, puis là, et en même temps presque partout, car d'autres voix similaires lui répondent en un confus canon. La voix est unique, et pourtant la voix est multiple. Son pluriel est singulier et son effet bouleversant.

La voix se fait souris puis chat, elle gémit et gronde, semble tantôt monter de la gorge, tantôt sourdre du nez, comme si elle s'efforçait d'échapper au corps pour atteindre l'esprit. Dans la rue, devant les boutiques, autour des étals, la vie continue. Personne ne semble s'en soucier. Pareil à un orage dont on sait qu'il n'apportera pas la pluie, la voix étend ses noirs échos avec une virulence inégale.

Pomponette s'est figée sur place. Elle sait le nom du dieu qui excelle ainsi dans le sprechgesang. Les minarets sont les antennes d'Allah et la réception trouve chacun à son poste. C'est l'appel à la prière : l'athan.

Pomponette n'est pas fille de foi, mais se sachant mortelle, parce qu'obnubilée par la baise, elle aime à penser qu'il existe peut-être, derrière tout ce micmac, un artisan contrit qui a pris sa retraite mais pousse encore parfois la chansonnette. Un démiurge las qui de temps à autre en remet une couche. L'au-delà ? Elle y pense, il est vrai, mais uniquement en serrant les cuisses et en se mordant la lèvre, quand les cloisons sont si fines qu'il vaut mieux éviter de gueuler comme une femelle de putois au moment de lâcher prise. Quand la petite mort la propulse dans l'antichambre de la Grande Pâmoison. La notion de septième ciel, on le comprend aisément, ne saurait la laisser indifférente. Le musulman, lui, est bien persuadé d'avoir rendez-vous dans les nues avec un contingent de houris ; elle ne serait donc pas étonnée que des joueurs de hockey l'attendent, elle, en polissant doucement l'arrondi de leur crosse.

4

L'athan. Qui fuse cinq fois par jour en temps normal, mais là c'est l'été, et Allah, qui se rit du férié, pousse du coup six fois sa chansonnette comme pour contrer la canicule. Prier est un devoir, mais la fraîcheur des mosquées un soulagement.

Pomponette vacille. Autour d'elle, la surplombant, la dominant, les minarets braquent leurs seringues vers le cul des rares nuages, et Mahomet est désormais son chanteur préféré. Elle sent les bulbes dorés se gorger du lait des fidèles et tendre leurs pis vers la nue. Pas religieuse pour un euro, quoique fervente quand il lui faut s'agenouiller et honorer le cierge, la môme Iconodoule sent hélas l'insulte qu'est son décolleté et l'outrage que tricotent ses gambettes. Ses yeux se baissent d'eux-mêmes ; ses paupières les recouvrent pudiquement comme sous la pression d'une paume inflexible et maritale ; un frisson byzantin lui noue l'intestin. Elle s'imagine tchadorée par un irascible Ottoman et vivotant dans la contrition, rasant les murs de son jardin le jour sans même oser se mirer dans la fontaine mais dansant le soir en Prada dans sa chambre, seule, en écoutant des tubes truffés de propos salaces, ne se figeant qu'au flash sonore de l'épisodique athan. Si elle était un homme, elle irait prier sans rechigner, comme on s'interrompt dans sa tâche pour fumer une Lucky. Elle prierait plus, certes, mais fumerait moins.

L'appel à la prière est de courte durée, tel un angélus il s'étiole et s'embourbe dans un silence tout relatif.

Pomponette est sonnée – une cloche fêlée. Il y avait la Grande et la Petite Sophie, maintenant il y a la Microscopique Pomponette, cette infra nympho entièrement dévolue aux attouchements vocaux du muezzin. Elle se sentirait exclue si elle ne savait pas que le Turc ne pige pas plus qu'elle l'arabe. Elle oblique vers un cimetière où, à l'orée de tombes cariées que l'herbe chatouille, elle commande un thé, puisqu'ici on boit chez les morts. Ma foi, songe Pomponette, une buvette en plein Père-Lachaise ne ferait de mal à personne.

Le thé turc, elle l'espère, sera à la hauteur des coupables pensées qui l'assaillent.

5

Çaï. Le fameux thé turc ! Eh bien, il repassera. Du Lipton de bas étage, oui. La faute à la mondialisation ? Non, décide Iconodoulette : la faute à sir Lipton. Et sa pensée envoie un missile dans les flancs du cuirassé Lipton, qui coule, bien fait pour lui. Cela dit, quand il fait chaud, il faut boire chaud, n'importe quel scorpion vous le dira. Mais le thé est tiède – et le concept de « tiède » n'a pas cours dans le monde de Pomponette, qui verse le liquide noirâtre entre deux tombes, tant pis pour les vers.

Elle trouve un coin de pelouse, pas trop loin, et s'allonge dans les limites, certes souples à ses yeux, de la décence. La somnolence s'empare aussitôt d'elle et elle s'autorise une songerie, suffisamment creuse pour y couler un bain où s'alanguir en compagnie de jeunes porte-savons, au milieu de pétales de rose légèrement fendus, avec en fond les chastes pépiements électroniques de *Midnight Express*. Et comme bien souvent dans les rêves où l'eau s'invite, un miracle se produit : le savon échappe aux mains des serviteurs à demi nus, qui s'empressent, sans tuba, d'aller le repêcher. Puis, rebondissements, coups du sort, tensions – mais si le récit est rodé, son issue en est toujours satisfaisante d'un point de vue interfémoral.

Deux jeunes ricanent. Pomponette ouvre un œil. Les mêmes jeunes l'insultent. Elle s'aperçoit alors que sa jupe a décidé que ses genoux allaient bronzer. La honte la redresse et elle s'éloigne en tripotant les perles de son collier comme si c'étaient les grains d'un chapelet. S'adapter, telle est sa devise.

6

Cinq heures plus tard, l'athan récidive. Pomponette frémit : va-t-elle éprouver le même dans sa différence, ou l'appel à la prière va-t-il la laisser indifférente, comme ces musiques de supérette qui ont cessé de déclencher chez les ouailles à caddie des réflexes consuméristes ?

Mais non. Le bouleversement est encore plus fort. Encore plus athanique.

C'est à elle que s'adresse le muezzin, elle en est à présent persuadée, et à elle seule, car sans relâche la houle gutturale vient rejeter sur la rive de sa conscience les oripeaux de son paganisme. Pomponette, troublée, se demande un court instant s'il est possible de télécharger ce holy tune sur son iPod. Elle sent bien ce qu'a d'impie, voire de mécréant, ce désir, mais est-ce sa faute si elle est née la mémoire vierge dans le temple d'Apple ? Est-ce sa faute si le slogan de sa génération semble être : Qu'importe le médium pourvu qu'on ait l'ivresse. Ou quelque chose de ce genre.

Mais voilà qu'une femme l'aborde. Une Américaine, vraisemblablement, habillée dans des tons sorbet, disons fraise-mangue pour ne pas trop écœurer, et offrant toutes les caractéristiques d'un présentoir Nike pour ce qui est de l'originalité. Elle chewingummise quelque chose que Pomponette ne comprend pas. Elle agite les mains comme si elle s'adressait à une sourde et braille comme si elle n'était pas sûre que la sourde le soit vraiment. C'est très agaçant. Que veut-elle ? N'a-t-elle pas à sa disposition un mari, un Hank bedonnant et serviable ? Son air paniqué contraste avec l'évidente banalité du message qu'elle tente de faire passer. Enfin la Yankiste comprend que Pomponette ne comprend pas. Elle sort alors un papier de la poche arrière de son jeans et l'agite sous ses yeux. Pomponette s'en empare avec méfiance et lit la phrase suivante : Where is the Louvres please ?

Ich Weiss nicht, lâche, plus teutonne qu'à l'accoutumée, Pomponette qui traverse aussitôt la rue et se perd dans la foule des Japonais magnétiquement attirés par Topkapi.

Il était une fois Babel. Mais ça n'a pas vraiment marché.

7

L'errance de Pomponette se prolonge, se diversifie. Les rues s'y prêtent, le tramway s'en mêle et quelques *taksis* s'en portent garants. Elle traverse le Grand Bazar, mais sans s'y attarder, en se promettant d'y refaire escale plus tard.

Sa démarche est sereine, souple, sacrément sexy. Elle sent bien quelques regards lancer sur son front des pierres pointues, mais elle persiste dans ses pérégrinations. Cette ville est un bruissant caméléon qui se new-yorkise à certains coins de rues avant de se saint-raphaéliser au détour d'une allée. Ce n'est pas encore l'Orient, mais au bout de cinq loukoums fardé de rose elle commence à en douter. Elle marche, enjambe, traverse, longe, contourne – tout l'interpelle mais rien ne l'arrête. Au loin, enfin, elle distingue la tour de Galata, fier pop-up dressé à la perpendiculaire du pont éponyme. Elle se laisse guider par ce phare sans éclat et parvient au bord de la Corne d'Or.

The Golden Horn. Un gras chenal qui fuit l'utérus bosphorique pour se chercher d'imaginaires ovaires à l'ouest. Deux bridges l'enjambent, et celui de Galata est une rue en soi, voire de la soie en rut, où coule à flots la Pilsen tandis qu'à l'étage supérieur – celui qu'empruntent les véhicules et les piétons pressés – d'audacieux Stambouliotes pêchent des guirlandes de poissons que leurs collègues d'en bas font frire.

Le guide est formel : l'eau turque est si nocive que le goujon local y végète en apnée. Les cadavres s'y dissolvent en moins de temps qu'un glaçon sous la langue. Le fond des barques qui s'y aventurent serait selon certains à l'origine de l'invention du tamis. Seuls les contumaces y barbotent, car leurs tatouages font peur aux bactéries.

Pomponette trouve à son goût le pont de Galata. Sa forme élancée et incurvée lui rappelle, toutes proportions gardées, le membre tout sauf rectiligne de son Soliman. Mais la prestance est la même – elle espère que l'effet aussi. Elle trouve un coin qui semble tenir lieu de buvette et s'assoit sur une banquette qu'en d'autres lieux elle aurait qualifiée de divan et pose ses deux coudes sur des coussins qu'en d'autres circonstances elle aurait baptisés oreillers. La voilà qui déjà s'enfonce, ses fesses comme happées par la mousse. Du bout des orteils elle se déchausse, et au serveur qui lui propose un steak with frites elle commande, non, ordonne, un *ayran* bien frais. Dix minutes plus tard, un autre serveur lui apporte son yaourt, piqué d'une paille polychrome à cocktail articulée. Elle laisse l'esprit liquide de la chèvre lui titiller les zygomatiques et admire cette fameuse Corne d'Or dont le tapis mazouté est sans cesse traversé par d'authentiques ferries.

Sous la table, la main gauche de Pomponette – car gauchère elle est – triture un peu le sot-l'y-laisse de son pubis en pensant au rustre Soliman. Elle ferme les yeux et le voilà, plus grand parce qu'absent, plus fort parce qu'invisible, il se glisse à ses côtés et sa moustache trouve aussitôt le sillon de ses seins encore trop découverts. Non, il ne faut pas, murmure Pomponette en hyperventilant. Son fantasme tend un bras au bout duquel une main darde un doigt qui dit : Narghilé.

Et les voilà qui fument, sans changer l'embout, sans même recracher le souvenir, avalant tout, et la bulle et l'eau et les cent parfums transpirés par la trompe flexible. De temps en temps, un fantôme armé d'une cassolette vient redéposer des braises là où il faut. Extase.

Pomponette rouvre les yeux : pour huit euros, sa corne est pleine.

8

C'est le premier homme avec lequel Pomponette a vraiment compris – et apprécié – le sens de l'expression pourtant vieillotte : « faire la bête à deux dos ». Mais ce n'est pas cette vertu instructive qui l'a séduite chez Soliman Rastaquouaire. C'est sa minutie et son inventivité – ces deux qualités que le mâle moderne semble avoir troquées contre celles, plus expéditives, d'impatience et de balourdise.

La première fois qu'il l'a déshabillée, Soliman s'y est pris de façon on ne peut plus interlope. Plutôt que d'arracher ses vêtements à la turquo-hussarde ou de l'éplucher avec une inutile langueur, il s'est comporté comme si c'était Pomponette qu'il soustrayait aux vêtements, et non le contraire. Elle s'est d'abord sentie inexistante, chosifiée, puis elle a compris que ce rite un peu sinoque avait pour but de changer sa personne en parure et ses frusques en dépouille. Ce devait être une forme de rituel, axée sur les bienfaits de la renaissance et la vanité de la chair. Ses lointains cours de sociologie ne lui furent néanmoins d'aucun secours.

Après l'avoir allégé de son top en coton, de son mini-short, de son soutien-gorge et de sa culotte, Soliman disposa la chiche panoplie sur le lit pour s'en faire comme une bonne femme de chiffons, une idole plate et froissée. Pomponette resta nue derrière lui, fixant le point entre ses omoplates où la pointe d'un opinel n'aurait pas rechigné à s'enfoncer. Le Turc se coucha sur ce puzzle vestimentaire et parut s'endormir. C'était… confondant. Pomponette envisagea de toussoter, mais elle se dit que ce serait anti-sexuel. Alors qu'elle considérait sérieusement l'option fuite, Soliman se retourna et la fixa avec une expression d'after-ramadan. En deux enjambées il se colla contre elle, son sexe si courbe qu'il semblait vouloir rentrer dans son nombril, ce dont l'empêcha prestement Pomponette qui avait, l'a-t-on précisé, les fesses plus que chaudes.

La suite fut à son goût et elle se contenta d'en déduire que l'homme avait tenu à rendre hommage à l'écrin avant d'élever un culte au bijou qu'il contenait. Il était également possible qu'un peu de fétichisme, de passion des étoffes, rentrât dans l'équation, mais pour une première partie de jambes en l'air, inutile de convoquer des savants viennois.

Au moment de la pénétration, elle prit soin de lever bien haut les jambes comme si en accomplissant ce geste de victoire elle engageait le fantassin Soliman à redoubler d'assaut. Quand elle sentit qu'il allait jouir, elle se retira telle la marée et lui enseigna la technique de la langoustine (dont elle garde le secret). Puis elle le prit dans sa bouche et une fois de plus sut convaincre la lave d'attendre que Pompéi-Pomponette soit prête.

Elle régla encore quelques détails avant de le laisser s'exalter totalement. À un moment, elle le vit qui faisait un effort surhumain pour refouler sa semence : son membre en effet parut se crisper, comme en proie à une séminale déglutition. Ce qui la rassura : le feu n'en serait que mieux nourri à l'heure de la reddition.

9

La nuit ne faisait que commencer. Son premier orgasme parut la dépasser en riant, tel un cycliste stéroïdé lancé dans une impossible ascension, sans sponsor ni pédale. Par la suite, elle sut rester en selle et rua en danseuse jusqu'à l'aube. L'expression « fort comme un Turc », là aussi, se gorgea à ses yeux d'un sens revivifié, d'une sève plus épaisse. Finalement, songea Pomponette rassasiée mais encore demandeuse, la sagesse populaire est hyper sexy.

Puis ils repartirent chasser la bête à deux dos, cette tarasque lubrique qui n'a rien à envier au dahu.

Elle faillit même l'entraîner du côté de chez Sodome, mais pour l'heure la prudence l'orienta vers d'autres festivités et elle se rabattit, si l'on peut dire, sur un de ces jeux de langue auquel aucun des participants ne perd jamais et qu'un célèbre numéro résume assez graphiquement.

Quand à nouveau elle lui permit de jouir, elle sut qu'un bon mascara est plus rare qu'on ne le croit. Ils s'endormirent au petit matin, le petit matin des amants étant souvent le début de l'après-midi, et quand ils se réveillèrent ils hésitèrent longtemps entre une revigorante levrette et une entrecôte saignante au bistro du coin. Ils prirent finalement les deux.

4

Soliman essoré

1

Soliman, qui habite quelque part dans le neuf-trois, a gardé un souvenir cuisant de sa love story avec Pomponette. Se faisant passer pour un Turc authentique, il a joué son rôle comme on lance une poignée de dés, sans trop savoir sur quelle face retomberait la plaisanterie, et grand mal lui fit car amoureux fou il se retrouva en deux coups de cuiller à miel, un miel délicieux qui coula des lèvres de cette bacchante à peine les entrouvrit-elle pour lui causer – et beaucoup d'avantage. Mais comme dans Marivaux et Cie, difficile de faire bécane arrière. Et puis feindre de ne rien entendre aux mots qui vous chatouillent a un de ces effets sur la peau censée sourde…

2

Dans un sabir turquifié, Soliman entreprit donc de louer les charmes de Pomponette. Cette fille l'affolait, le changeait en fier amadou qu'embrasaient ses ardentes extrémités : au lit voulurent-ils vérifier que tout était lié, et au lit vite ils roulèrent. Soliman fusa – il fusa trois fois. En si peu de temps qu'il crut que Cap Canaveral était sur le coup. Mais Pomponette savait des jeux qui nécessitent moins de carburant et davantage de propulsion. Elle lui fit perdre son sens de l'altitude et ses repaires terrestres, il crut visiter des astres qu'on disait tabous et but à des fontaines, mon dieu, des fontaines auxquelles renoncer est tout simplement impossible, c'est dire l'ampleur du talent de la Pomponette.

La chevauchée s'éternisa, entrecoupée de jus d'orange pressé et d'anchois sucés plus que mâchés. Enfin il rentra, plein d'usage et passion, en elle – once more. Dieu, qu'elle fuma, la cheminée.

3

Leurs ébats étaient longs, leurs ébats étaient bons, ils glissaient et patinaient, s'éclipsaient pour mieux alunir, franchissaient des frontières enivrantes. Les jambes en parenthèses de Pomponette, à même les épaules de Soliman, surent lui confier des rumeurs que sa langue répéta. Il s'empêchait de lâcher des syllabes un peu trop autochtones, pinçant pour cela le scrotum de l'aveu, niché dieu sait où. Pomponette, enhardie par ce silence tout de fièvre fourré, sut happer le soluble poisson et l'aider à remonter des rivières conçues pour les sirènes. À force de s'entre-dévorer ils s'apprirent, se retinrent, se comprirent. Puis la nuit, aux draps acquise, les laissa gravir certains sommets déguisés en abîmes.

À l'improviste, elle le désira, au dépourvu, il la chahuta, et par-derrière l'un comme l'autre surent, en regardant dans la même direction leurs reflets surimposés dans la vitre, éprouver la résistance de leurs mollets et concorder dans un râle suffisamment modulé et sans doute proche des confessions du lynx, un râle qui parvint à échapper aux lois de l'attraction et s'en alla fuser à des kilofoutres de là, au-dessus des toits de cendres et des terrasses jaspées de bougies de la lointaine Istanbul, cavalant à perdre haleine, à pendre père et mère, tordant sur son passage le cou des chats jaillissant d'un compost de cartons, obligeant les jeunes gominés en scooter à ralentir, afin de mieux entendre ce redoutable *athan* plus humide qu'un premier cri de nouveau-né et qui, déjà mourant, tout juste déclinant, reprenait de plus belle.

Mais Pomponette réclama soudain autre chose, une invasion d'un autre calibre.

Or il advint que le Dieu des Fornicateurs, dans son ardente munificence et grâce à sa subtile pharmacopée, fût en état de pourvoir à ce désir brutal. La main de Pomponette, aussi baladeuse qu'une anguille dressée par un illusionniste, rampa sur les draps et, après quelques tâtonnements, trouva, au fond d'une pochette plastifiée qu'elle gardait sur sa table d'éminente baiseuse, le tube d'onguent salvateur. Comprenant, non sans tressaillir des mollets, ce qu'on attendait de lui, Soliman pressa l'oblong réceptacle et, constatant que le verbe « oindre » n'est guère servi par les temps du passé, tartina son dard musclé ainsi que l'opercule assoiffé de sa compagne, puis, au prix d'une très lente et très patiente approche, finit par s'aventurer dans l'aster de plus en plus épanoui de Pomponette, se soumettant sans rechigner, entre vague crainte des déchirements et folles requêtes du tréfonds, à la loi de ce sentier farouche qui mène aux organes les plus reculés de la sensation, là où l'âme, cette pouffiasse sublime, gît sans doute, sentier qu'il parvint, à force de retenue et d'avancée, à défricher et parcourir avec une conviction que tous deux ne perdirent pas de temps à sonder, la secousse commune qui les liait s'accompagnant des plus élémentaires précautions.

Ils eurent pu en rester là et las, mais ce fut le contraire qui se produisit et, comme une vedette titillée par les rappels, leur couple revint saluer à plusieurs reprises.

4

Debout tels deux spectres doutant de leur éternité, deux condamnés à la perpétuité coïtale, leurs cuisses collées par la sueur et l'affolement, ils apprirent, dans l'apnée de la chiennerie, le secret des gammes et des odes, la prudence de l'un embrasant la frénésie de l'autre, et découvrirent alors, en une ultime saillie, que la levrette est un gibier farouche – et qu'une fois n'est pas coutume, tirer dans le dos est permis.

Le cri froissé de Pomponette, quand la verge de Soliman manqua la soulever de terre, s'empara de la ville tout entière, souleva ses ponts tels de houleux barrages douaniers, tout explosant tout inondant tout délirant. Le capiteux effluve de sperme qui flotta alors dans la chambre de leur déraison leur enseigna, *in extremis*, qu'il était temps de se vautrer dans le silence de leur bienfaisante mortalité, leurs deux formes nues écroulées, complices, telles deux cuillers évanouies dans leur semblance, afin de laisser reposer, comme au fond d'un puits dont on n'a pas éclusé tout l'ombreux et aquatique mystère, cette lie qui faisait d'eux les vaincus plus que les consentants de la passion, celle qui bande et mouille, et recommence.

Tu m'as bien fait jouir mon salaud, exprima sentencieusement (et peut-être sans rien dire, d'un seul et imperceptible mouvement de hanche) Pomponette rassasiée.

Et Soliman de juste poser sa main là où son ardente partenaire hoquetait, au mitan de l'émouvant pubis, récemment rasé à la japonaise, qu'il sentit fredonner comme en proie à un souvenir musclé.

Encore ? Pas tout de suite. Mangeons. Oui. Mais quoi ? Tu as faim. J'ai envie. Ta bouche. Oui ? Non, rien. Dînons.

Et chacun de commander, du fond de la somnolence qui s'emparait d'eux, d'autres succulences, d'autres possibles.

5

Puis on se sépara, et l'on en resta là. Soliman laissa une adresse mi-fictive mi-turque ; Pomponette promit de l'aller voir, ou d'aller le voir, ce n'était pas très clair, elle trébuchait d'un peu partout, et se sentait réjouie, ravie : comblée. Seul Soliman savait qu'il avait menti à l'Amour. Car il n'était pas stambouliote quoique distraitement turc. Crut-il vraiment abuser la tout sauf crédule Pomponette en se parant des couleurs du Bosphore ? Lui-même en doutait.

Il se dit qu'il l'oublierait, comme ces poésies qu'on répète avant de s'endormir mais qui, trente ans plus tard, vous montent encore aux lèvres à peine le premier vers bu. Il laissa donc passer sa chance, qui ne prit même pas la peine de le saluer. Ah, Soliman, tu ne repasseras pas par la case départ, tu ne toucheras pas le gros lot, tu resteras penaud, dans le neuf-trois, en triste pion, et dès demain il te faudra hypothéquer ta pleutrerie.

6

À force de se pencher sur le puits de sa honte, Soliman finit par y choir. La chute fut longue, et s'acheva chez un de ses amis parisiens qui voulut bien recueillir ce qui restait du simili-Turc. L'animal allait mal. Il boitait même assis. Rien n'y faisait, ni l'absorption massive de raki possiblement yeni ni la lecture que lui faisait son ami des œuvres complètes de Miss Desbordes-Valmore. Pas un frémissement de reprise, non, rien qu'une longue récession dans ce traquenard qu'est l'apitoiement sur soi.

Soliman ne pensait désormais plus qu'à Pomponette, ne se rongeait les ongles que pour elle. Elle hantait ses rêves telle une plante avide qui envahit le terreau jusqu'à ce que le pot se fêle, et le pot c'était la tête, le corps, l'âme du pauvre Soliman ! Il lui fallait la revoir, la ravoir, la re-ramoner, et si possible éviter de la décevoir. Mais comment ? Il s'était fait passer pour ce qu'il n'était pas, et voilà que sans elle il n'était plus grand-chose.

Imparable arithmétique dont il était devenu le zéro redondant.

L'ami de Soliman eut alors une idée, qui n'aurait guère alimenté plus de trois ampoules de Noël mais qui, vu la gueule du sapin, en valait bien une autre : Va donc à Istanbul, je sais de source sûre (la source sûre étant Véro, la meilleure amie de Pomponette), qu'elle s'y trouve en ce moment.

Mais Soliman se méfiait des Vadonc. Il s'emmura dans la boisson, et ne valut bientôt guère plus que cette métaphore. Son ami, têtu, le secoua, le revigora, l'incita. Le spectre du trop-tard le talonnait. Il allait devoir prendre une décision, ce qui pour lui équivalait à se lancer dans la haute couture.

Alors ? Ira, ira pas ? Ira hésitait, et Irapa s'en voulait. Ce n'était pas gagné.

7

Orly. La veille d'un lundi. L'ami Soliman mord dans son billet en cherchant du feu dans ses poches, puis se rappelle que fumer tue, même au sol. Ce soir, il verra peut-être les lueurs de Topkapi ricocher sur l'œil Nikkon des touristes allemands. Puis il partira à la recherche de Pomponette, il lui dira tout, elle lui pardonnera un peu, et un gros plan de leurs bouches associées verra se déposer à sa fine surface les mots de « The End » et la vie pourra recommencer, à quelques battements de rame de la mer Noire, comme au premier temps de l'humanité, quand la peur était un passeport inutile et l'amour une méthode en soixante-neuf leçons.

Mais l'ouïe de Soliman est soudain sollicitée par une annonce jaillie sans crier gare des haut-parleurs.

Il grève fort ce jour-là à Orly et tous les vols sont annulés.

Soliman s'incline. Il ne sait décidément pas voler.

~ 5 ~

Pomponette chahutée

1

Istanbul semble s'être refermée sur elle et l'entraîner dans la chambre de Morphée, qui n'est pourtant pas de la même région. Non, elle ne dormira pas dans cette bonbonnière à pigeons sous laquelle coulent des eaux voraces et patelines. Elle veut le nir, le va, le na. L'aire d'aigle où nicher sa peine et éclore son attente. Impossible de retourner au Worst Western Metropole. Il lui faut du luxe, même délabré.

Pomponette Iconodoule déploie ses antennes et, pour 50 YTL, s'offre un simit, équivalent rassis et stambouliote du mythique doughnut de Manhattan. Cette auréole coupe-la-faim lui enseigne la persévérance. Une graine de cumin coincée entre deux dents lui rappelle qu'il faut quand même faire gaffe.

La nuit s'est affaissée sans peine sur Istanbul. Des aboyeurs nippés comme des escort-boys s'efforcent de l'attirer dans leurs antres à döner, mais en vain. Un bloc de parpaing dans l'estomac – l'ascétique simit… –,

Pomponette esquive les rabatteurs de la restauration à la façon d'un rugbyman sonné. Elle quitte l'artère principale, s'enfonce dans des ruelles aux trottoirs changés en tapis, refuse mille offres et accepte cent sourires, presse le pas, lève les yeux, guette l'enseigne salvatrice.

2

Enfin elle le voit. L'Ostel de la salvation. Le nid rêvé. Son nouveau QG. 65 euros cash la nuit. Une chambre donnant sur le Bosphore, mieux, une chambre qui donne le Bosphore, avec à l'étage supérieur une terrasse que la nuit métamorphose en pont, bénéficiant d'un panorama si simple et si évident que toutes les mosquées semblent avoir été plantées autour de lui pour mieux l'honorer.

Elle n'hésite pas, soudoie un simili groom pour qu'il aille chercher ses affaires au Très Moche Métropole et installe ses quartiers dans ce vieil hôtel qui allie sobriété et élégance comme sa mère l'huile et le vinaigre. Un calme ténébreux y règne, empreint de majesté et d'un parfum de coriandre – good news : ils ont des cuisines. Les murs sont-ils épais ou les clients discrets ? Le hall est vaste et la réception minuscule. Il y a même une sonnette pour stimuler le réceptionniste, sonnette sur laquelle Pomponette ne peut s'empêcher d'appuyer alors que l'homme, pourtant, se tient droit devant elle, un cigare éteint aux lèvres. Et l'homme, la voyant et l'entendant sonner, lui sourit. Si c'est un délit, il est clair qu'il n'en laisse rien paraître. Ici, non seulement le client est roi, mais on ne le décapitera pas à la moindre incartade. Les clés lui sont remises ainsi qu'une incitation à se sentir chez elle, ou plutôt non, mieux que ça : chez lui. Vous êtes mon invitée, dit-il dans un français parfait. Elle aime mieux ça : chez elle, elle se serait crue obligée de faire la vaisselle. Elle s'informe aussitôt du room-service. Tout est possible dans la limite du raisonnable, lui apprend-on. Elle imagine d'abord le raisonnable, puis ses faubourgs, et sourit à son tour. J'en conclus que mademoiselle n'a rien contre les épices. Arrête ton char, Mokhtar, a-t-elle envie de dire, mais elle se retient.

L'ascenseur la conduit au dernier étage en feulant doucement. Le couloir décrit un coude avec le talent d'un Balzac, puis s'offre une petite ligne droite vers sa chambre. Impossible de se tromper. C'est la chambre 57, dont le numéro figure sur l'écusson de cuir qu'un fil doré relie à sa clé, sa clé qu'elle insère comme dans la serrure d'une malle aux trésors, tout en sachant pertinemment que le trésor, c'est elle.

Le lit est vaste, les draps sentent le frais, voire la menthe, la fenêtre entrouverte laisse pulser les bruits du port et quelques ricanements de mouette. Elle s'allonge sur sa nouvelle couche, retrousse sa jupe et trouve sans tarder, sous le fin coton de sa culotte, l'interrupteur qui réveille les filaments du plaisir. Son hommage à Edison est expédié en huit minutes et onze secondes. Voilà une chose de bien faite.

Elle se rend ensuite sur la terrasse dont le gardien lui a vanté les avantages et où l'attend, glacée, fusiforme et moussue, une bière qui, versée dans le graal, n'aurait déçu aucun chevalier d'antan. Sa première gorgée lui renverse la tête au ralenti. C'est bon. C'est juste. Elle fait claquer sa langue et lâche un « yes ! » victorieux, car l'anglais nous sert souvent ses monosyllabes sous forme d'onomatopées.

La brise se laisse aller sur le duvet de ses bras, et toutes ses terminaisons nerveuses se sentent infiniment turques.

Ivre d'altitude, son attention à peine retenue par les cargos mammouths qui s'en vont paître dans d'autres deltas, elle est déjà d'humeur à se recommander une Pilsen, ce qu'elle fait, grâce à l'ingénieux interphone niché sous sa table. Le fait est que tout ce qui se niche sous une table est susceptible d'accroître le bon plaisir de Pomponette. Elle allume sa première Samsun qu'elle fume, les pieds sur la rambarde métallique dont est ceinte la terrasse. L'ourlet de sa jupe glisse et dévoile ses genoux, mais seul Allah la voit, et Allah a la bienveillance de détourner les yeux pour aller hisser la bourse d'Ankara à des sommets encore inédits.

3

De retour dans sa chambre, Pomponette, dont l'imagination réagit au décor tel un caméléon vautré sur un kilt, s'imagine se faire un rail de coke d'un mouvement rectiligne de sa visa, à même la tablette en verre qui, disposée sous la fenêtre, reflète des lumières trop nombreuses pour être tutoyées. Mais sa drogue à elle n'a rien à voir avec la poudre qu'il faut blanchir en sous-main. Sa came païenne est toujours à portée de doigt, et l'heure est peut-être venue de défaire sa valise et d'en extraire, emmailloté dans une chaussette telle une divinité vaudou, le lisse godemiché qu'elle a pris soin d'emporter. Les piles fonctionnent encore, ce dont elle s'est assurée dans les toilettes de l'avion. Et le décollage imminent.

Le ciel d'Istanbul, ordinairement chiche en étoiles, s'enfle soudain de feux d'artifice muets. C'est bon signe, s'astique Pomponette.

L'objet, d'une ergonomie confinant à la gourmandise, sait autant flatter que visiter, ce qui fait de lui l'égal d'un courtisan. Doté de trois vitesses, il passe la première au moment où Pomponette comprend qu'elle ne sait pas freiner quand déraper tient du prodige. Elle se goure un peu au début dans la pluralité des orifices, puis appuie sur le délicat champignon et frôle l'embardée. C'est toujours ça de gagné, s'essuie-t-elle pensivement.

Elle allume ensuite la télé, histoire de prendre le pouls cathodique de la ville, voire du pays, mais l'erreur étant humaine et les chaînes payantes multiples, elle tombe sur un choix de vidéos qui lui laisse présager que plus profonde la gorge, plus saccadée la fontaine. Bien que repue, elle s'offre sans réfléchir une fantaisie de groupe dans un château dont seuls les escaliers semblent mener quelque part. Un début d'assoupissement la retourne, ce qui, la concernant, n'a rien d'un exploit. L'oreiller accueille son profil comme la cire un sceau : et le somme signe, en une tiède insouciance, l'arrêt des hostilisexes.

4

Quand, à cinq heures du matin, la voix modérément veloutée du muezzin réveille Pomponette, celle-ci croit que c'est Soliman Rastaquouère qui chante ses reliefs en un râle modulé. Elle mouille juste ce qu'il faut pour trouver la force de s'étirer et de tituber jusqu'aux toilettes, et là, assise comme il se doit, tâtonnant dans le noir à la recherche du papier toilette, son pouce et son index touchent un bouton hexagonal qui actionne une arrivée d'eau dont la propulsion file dans un tuyau, lequel, braqué à l'horizontal de sa chatte, lui arrose tout ce qu'il faut, lui extorquant un petit cri perlé de rires.

Les toilettes turques sont des fontaines farceuses, qui titillent avant de barrir. Tant mieux, miaule Pomponette qui s'en remet une raide giclée, pour le plaisir. *Bir ayran ne kadar*, soupire l'affriolée Pomponette. Qu'Allah me soit témoin, je ne jouis que malgré moi.

Puis elle se recouche, comme on défait son lit, par paresse et volupté. La matinée sera grasse ou ne sera pas.

5

S'étant rendormie sitôt l'appel à la prière replié dans les multiples porte-voix d'Istanbul, Pomponette se propulse dans un rêve qui n'a que ça à faire : la rêver. Elle y est nue, autant qu'on peut l'être dans les circonvolutions du cortex, et gémit des noms de présidents de la cinquième république à l'oreille de l'empereur Septime Sévère qui rêve sac et pillage comme d'autres shopping intensif. Des thermes l'entourent, dont elle compte les jets d'eau, les plumages fruités. Quelques Croisés viennent baiser la naissance de ses cuisses, située plus haut qu'elle ne le croyait. Mehmet II, qui bizarrement ressemble à John Travolta, se lance dans une confession libidineuse qui la pâme et l'affole. Elle se lève tel un sexe d'homme, prend dans sa bouche tous les minarets flaccides qu'un pâtissier ingénieux a pris soin de lui présenter. Toujours nue, mais drapée de voiles comestibles qui font d'elle une lascive meringue, elle ordonne à tous les tramways de la ville de s'élancer par-dessus la mer de Marmara, désireuse d'accoster aux Îles du Prince où l'attend, non, la réclame le magnifique Soliman Rastaquouère : son homme, son turc-mec, la peau de sa peau.

Mais déjà d'autres rêves font la queue aux portes de sa conscience. Sans le vouloir, elle les congédie d'un ciseau des jambes sous les draps, suce son pouce quelques instants puis replonge dans le spa onirique.

Une licorne apparaît, d'un blanc laiteux, qu'elle enfourche et chevauche jusqu'à des ruines circulaires au milieu desquelles Ornella Mutti joue de la harpe. Comme par enchantement, Pomponette devient Mutti tandis que la harpe, docile, subit elle aussi une métamorphose : ses cordes sont apparemment reliées à des corps d'éphèbes et chacune, pincée ainsi qu'un prépuce consentant, vient solliciter une partie de leur anatomie, celle susmentionnée, tant qu'à faire. Pomponette-Mutti se lance dans une interprétation endiablée de *Vanina*, que reprennent en chœur des pompiers affublés d'une mitre. Puis il pleut des agoutis. Puis elle est sur un bateau. Puis elle croise son père dans le garage familial qui répare une vieille radio. Puis elle est sur un manège, mais les chevaux de bois ne sont pas des chevaux et surtout pas de bois, même s'ils ont conservé de la précédente licorne une certaine particularité. Puis plus rien, sinon la douce impression d'être empalée par un souvenir, qui tourne, tourne, et tourne encore…

6

Le bastringue éclectique des éboueurs lui picore le tympan, elle s'enroule dans les draps, se débat un peu, puis sa main s'extrait du magma de lin et saisit son sony-ericsson posé sur la table de chevet, son doigt trouve la touche qui éclaire le cadran qui donne l'heure qui lui rappelle que plus grasse est la matinée, plus fraîche la rosée sur son bouton d'or. Elle se rendort, une main entre les cuisses. Un peu moins iconodoule, mais sacrément pomponette.

À son réveil, c'est l'extase. Une lumière siglée Turner nappe son corps dénudé ; quelque part, un enfant récite quelque chose, mais d'une voix si flûtée que c'est Mozart qu'on ressuscite. La fenêtre entrouverte permet au rideau de jouer les palmes qu'une main invisible agite pour le plus grand rafraîchissement de Pomponette. Elle est en vacances comme d'autres en odeur de sainteté. Elle se sent reposée, déposée, posée : une plume sur un coussin. Mais la plume, déjà, a faim.

Un coup de fil suffit. Dix minutes plus tard, on a posé devant sa porte un plateau. L'orange rutile, le fromage pique, et la salade bien sûr est une ode à la coriandre. Pourléchons-nous, s'intime Pomponette qui n'en rate pas une.

7

Qui veut faire peau neuve doit d'abord la purifier. Forte de cette conviction, Pomponette fait appel aux services du masseur de l'hôtel, le mutique Mahmoud.

Bâti comme un chaudron mais exsangue de toute braise hormis dans les yeux, l'homme aux mains d'airain l'escorte jusque dans un salon privé de l'hôtel, lui ordonne de se déshabiller d'un mouvement de la main qui ferait frémir plus d'un galérien, et s'attaque à la pâte iconodoule.

« Pétrir » est un verbe trop doux pour rendre compte du traitement qu'inflige à Pomponette ce maestro du laminage. Notre Européenne sent, sous ses muscles, le crissement reptilien de ses os. Les huiles parfumées favorisent une fonte intérieure tandis que les deux battoirs ottomans délassent ses muscles par fagots entiers. Pomponette voit des punaises rouges, puis des confettis blancs, et manque défaillir quand, la retournant tel un blini suffisamment alvéolé, Mahmoud lui sculpte l'abdomen avec le pouce puis redéfinit, à coups de paumes grasses, les contours de ses seins. Elle tente une grimace qui se veut sourire, mais son bourreau n'y voit aucune supplique, il redouble de zèle et lui étire tant et si bien les mollets qu'elle a l'impression qu'on lui greffe des échasses.

Mahmoud ne parle pas. Jamais. Il grommelle, éructe, siffle, mais sinon, que couic. Sous ses pattes de buffle, la peau devient parchemin. Il sait ce qu'il fait, manifestement. Il connaît des recoins du corps qui sont comme des îles inexplorées et qu'un cyclone bien appliqué peut changer en crique nickel. Il lui plie les jambes selon des articulations dont elle s'ignorait pourvue. Lui écarte les doigts au point qu'elle sent son pouce plus éloigné de son auriculaire que son nez de ses fesses. Ses fesses ? Parlons-en, justement ! Mahmoud doit y déceler autre chose que des fesses car il leur inflige le supplice du tambour, ce qui n'est pas complètement désagréable. Pomponette devient quelques instants une fanfare de cris étouffés. Puis il s'intéresse à sa nuque et elle sent dans ses mains d'impatientes pulsions sadiques, elle croit presque l'entendre murmurer le nom fluet de Marie-Antoinette. Croisant les doigts, il fait pression à la base de son crâne et déclenche un inquiétant crépitement osseux évoquant des branches qu'on casse.

Il s'interrompt quelques secondes, le temps de faire gicler d'un tube dépourvu d'étiquette une pommade noire dont il enduit le torse et le dos de Pomponette, laquelle n'est plus qu'une escalope battue comme plâtre. La pommade sèche à une vitesse supersonique, se craquelle, et le monstre mahmoudique fait alors surgir de nulle part un tuyau jaune pâle dont jaillit un jet glacial. Tout d'abord à moitié estourbie par la hampe d'eau, Pomponette subit le détartrage avec vaillance, en remuant légèrement du croupion, les paupières semblables à des sémaphores.

Les deux heures que dure la séance sont une éternité, et cette éternité permet à Pomponette d'approcher une extase qui, bien que douloureuse, se révèle salutaire.

Mahmoud la sèche en lui assenant des coups de linge à bonne distance, méthode surprenante, certes, mais la flagellation doit avoir des vertus dessiccantes. Propre et réinventée, Pomponette se glisse dans sa robe à fleurs telle une abeille retournant fissa dans le calice d'une tulipe après avoir échappé à la tapette d'un cyclope.

Mahmoud s'est retourné, pudique – ou las. Il la raccompagne enfin dans le hall, tend la main pour toucher son écot, puis lui sourit, et dit : You're good, lady.

Encore heureux, pense Pomponette.

8

Remodelée, grasse comme un beignet, légèrement bancale, elle regagne sa chambre et, nue, engloutit un litre d'eau à la bouteille en comptant les cargos qui fricotent sur la mer de Marmara.

Je suis prête, pense-t-elle en se réveillant les tétons.

Elle enfile un sarouel et un chemisier à même sa peau d'agnelette et s'en va de par la ville en quête d'expériences enrichissantes et, avec un peu de chance, d'un bout de Soliman.

9

Se perdre dans une ville est plus délicat qu'il n'y paraît : Pomponette l'apprend aux dépens de ses pieds et de ses yeux, les premiers foulant à répétition les mêmes trottoirs défoncés, les seconds n'ayant de cesse de reluquer la même mosquée, la même devanture. Sont-ce les rues qui, fourbes tout autant qu'incestueuses, se plaisent à s'emboucher et se croiser ? Sainte-Sophie agit-elle à la façon d'un aimant ? Un aimant bulbeux qui refuserait à ses jeunes pousses le droit d'aller rhizomer à leur guise ?

Pomponette se fixe des repères visuels suffisamment lointains pour espérer déjouer cette attraction. Rien n'y fait. Les mêmes visages passent et repassent devant elle comme dans un casting cauchemardesque. Comment défaire le nœud ? Briser la longe ? L'ingénieuse Iconodoule décide alors de se lancer dans une filature. Elle choisit au hasard un dos dans la foule et le suit, adoptant son tempo, respectant ses pauses, épousant ses hésitations ; quand le dos s'engouffre dans un immeuble, elle harponne le dos le plus proche, comme lancée dans une course de relais dorsal, et l'autre dos l'emporte ailleurs, elle devient un de ces poissons parasites qui placent tous leurs espoirs dans l'esprit pionnier d'un brochet.

Une heure s'écoule ainsi. Elle sent qu'enfin elle se perd, qu'elle ne se rapproche ni ne s'éloigne d'aucun point, qu'elle a réussi à déplacer le centre de sa certitude vers la circonférence du doute, du coup elle ralentit le pas, oublie le dos du moment, se concentre sur son dos à elle, et s'abandonne à l'idée saugrenue que c'est son dos qui la suit. Le sèmera-t-elle ? Lui fera-t-elle face ? La philosophie échoue à résoudre ces paradoxes, mais l'imagination s'y complaît sans barguigner.

Les rues se font plus pentues, les passants plus rares, plus discrets aussi. Pomponette espère gagner quelques galons en invisibilité. Elle sent l'air du fleuve qui lutte entre les grappes d'immeubles délabrés, s'insinue par les embrasures calcinées, joue un instant avec des effluves pimentés. Le soleil taille les ombres telles des quartiers de viande noire, au fol ravissement des mouches.

Soudain, elle sent une présence derrière elle. Plutôt que de se retourner et de signer ainsi un chèque en blanc à la panique, elle entre dans une boutique spécialisée et fait mine de s'intéresser à toutes sortes de produits, hélas pour automobiles, caressant jantes et volants, titillant levier de vitesses et pommeaux, se mirant dans les rétroviseurs panoramiques. Le vendeur hoche la tête, incrédule, ailleurs, stambouliote. Vavavoum, chantonne Pomponette, en espérant que ces innocentes syllabes n'ont rien d'offensant en turc.

Elle pivote une fois de plus sur elle-même et voit, derrière la vitrine, une silhouette qui la fixe puis s'éclipse. Elle connaît cette silhouette pour l'avoir vue danser sous ses draps et contre les murs d'une certaine chambre d'hôtel. Soliman ! Ou pas.

Mais elle ne fait rien pour le rattraper. Il lui reste quelques jantes à caresser et elle n'est plus pressée.

10

La première fois que Pomponette a entendu la voix de Soliman, elle a pensé : il faut que je fornique avec cette voix, pas seulement avec la brute magnifique qui la fabrique comme si de rien n'était. Mais baiser une voix n'est pas aussi facile que baiser une bouche ou un creux de peau. Avec quoi baise-t-on une voix ? Le clitoris est plutôt bien placé, mais le souffle se débrouille pas mal aussi. L'aisselle a ses chances, quoique. Une parcelle de dos pourrait suffire, à condition que. Un orteil, moyennant une certaine audace, y parviendrait, si seulement. Pomponette se dit qu'elle improvisera. Elle trouvera. Quand surviendra la voix, elle saura. Elle lui écartera doucement les labiales et s'attardera sadiquement sur ces gutturales. Elle fera mouiller tous les petits silences interstitiels jusqu'à ce que s'épanouisse en orchidée l'idée même de voix, puis elle sucera le jus acide des mots qui rouleront, pépins, sur ses seins : un compliment.

Pomponette est comme ça : sincère, ingénieuse – une vraie dévoyeuse. Sa curiosité est sans borne, et le sexe représente pour elle bien plus qu'un terrain d'exercice, bien plus qu'une foire d'empoigne pour contorsionnistes lubriques. Il s'agit à ses yeux, mais surtout à ses mains, d'un art, ou plutôt d'un artisanat. Chaque baise est une œuvre unique, même s'il importe au début de respecter la commande. Ce qui importe ce sont les variations, les façons de travailler la matière première, le soin qu'on met à mettre.

Les préliminaires, trop souvent négligés dans les sociétés contemporaines de leur déclin, exigent un savoir-faire d'exception : ils ne doivent pas être trop chantournés, doivent laisser deviner les grandes idées générales présidant au futur rabotage et la délicate jonction des tenons et mortaises, n'ont pas à s'éterniser au-delà du tolérable. Le baiser y joue un rôle prépondérant : s'il se contente de butiner la bouche, c'est qu'il y a maldonne. Le baiser se doit d'être plus nomade qu'un touareg sous amphète, à la fois papillon de mai, patiente sangsue et joyeux piranha. Sa virtuosité se veut l'ambassadrice d'ardentes délégations à venir. Il est doté de lèvres propices aux monologues salés, de dents avides de soubresauts, et surtout d'une langue ayant l'inventivité d'un tamanoir. La langue ? Pomponette l'a bien pendue, mais aussi musculeuse et rétractile qu'un mollusque de première catégorie. Elle sait jusqu'où elle peut aller et quand elle doit en revenir. La langue lui sert à ponctuer une longue période oratoire, ou plutôt buccale, qui s'achève presque systématiquement en point exclamatif.

Mais Pomponette compte aussi sur ses cils, ses ongles, ses orteils, le pli de son coude, le sillon extrêmement préhensile de ses seins. Autant d'alliés zélés qui lui permettent de rappeler à son partenaire que tout défrichage exige plus d'un outil et que s'il veut parvenir jusqu'à son nectar il lui faudra d'abord se laisser copieusement butiner.

11

Comme mue par un instinct libellule, Pomponette Iconodoule s'est laissée happer par le chatoyant dédale du Grand Bazaar, qui mérite largement ses deux « a » : affriolant, anonyme, il vous gobe et vous propulse, vous ricochète et vous retourne comme un flipper une boule de mercure. Ici, ce n'est pas tant vous qui faites du lèche-vitrine que les vitrines qui vous lèchent, dardant vers vous leurs longs tissus couleur safran, et laissant flotter, du haut de cintres invisibles, d'immenses langues de soie sur vos épaules ; un commerçant parlant toutes les langues sonnantes et trébuchantes réussit à vous convaincre que vous faites telle taille et pas telle autre ; cette ruche est une boîte de nuit qui se passe de musique et diffuse des promesses. Un thé vous passe sous le nez, une rivière de montres coule à vos pieds, où est la sortie ? Pomponette ne sait quoi acheter, quelle babiole caresser, tout ce qui scintille est beau et tout ce qui est beau scintille, le mauvais goût sait se déguiser avec une telle ingénuité qu'on ne lui en veut, non, vraiment pas.

Ici, tout le monde semble de dos tant c'est le même courant qui vous charrie vers le prochain croisement où, toupie hésitante, vous attendez qu'un étal vous chahute les mirettes. Les touristes ont des crampes à la nuque et les mains greffées à leur bourse-kangourou. Un taillis de narghilés tremblote derrière une verrière de fumées sereines. C'est insensé, sain, soudain. Ça fait du bien puis ça soûle.

Pomponette ressort de cet antre magique toute tamisée et moins fortunée de quelques lires. Elle a trouvé un bracelet qui, quoique très probablement martelé à Macao, sied à son poignet telle une cicatrice à une jeune suicidée. Elle a aussi acheté un sac qui semble n'exister que pour justifier l'adjectif « chamarré » et des étoffes si transparentes que son corps envisage déjà en toute innocence d'ingénieux attentats à la pudeur.

Mais surtout : elle a faim.

12

Pomponette Iconodoule tient à sa taille et aussi à ses hanches, qui en sont comme le socle suave, mais qui dit régime ne veut pas dire jeûne, et si le sucre n'est pas aphrodisiaque, eh bien il faudra donc qu'il le devienne.

Elle déniche assez vite une pâtisserie non seulement digne de ce nom mais dotée en outre d'un sixième étage d'où Istanbul, de jour comme de nuit, ferme les yeux sur vos agapes. La carte que le serveur a déposée sur sa table lui fait penser à une brochure espagnole proposant un aperçu des différentes salles du Prado. Les photos ont quelque chose d'hyperbolique et l'on perd très vite toute notion d'échelle, à défaut de saveur. Les noms des pâtisseries, orthographiés avec une liberté facétieuse, sont des *invitations aux voyages*, comme l'écrivent sans trop y croire les magazines. Mais le voyage en question promet stupeurs et robinsonnades.

Autour d'elle, des gourmands solitaires, des familles girondes et des couples dont l'appétit n'a d'égale que la complicité saccharine s'en donnent à cœur joie. Les narines frétillent, les langues claquotent. Sur des plateaux dorés, des monticules de choux appellent à l'escalade.

Pomponette hésite, tergiverse avec elle-même puis déporte une bonne partie de son dévolu sur une espèce de nougat radioactif constellé de curieux coulis. Ce qu'on lui apporte en un temps record est carrément raccord avec la photo – fait notable. Quant au goût, il semble se transformer à chaque bouchée, tel un baiser furtif qu'on imaginait naïvement à base de salive mais qui se révèle, à force de franches lippées, de plus en plus grisant et savoureux. Victoire du gustatif sur l'appétit. La crème, riche et vanillée, sourd aux commissures ; le sucre glace vous repoudre le nez ; le chocolat fait de vos dents d'amusants dominos. On repasse commande, mais tout bas, afin que les hanches, qui ont des oreilles, ne se doutent de rien.

Pomponette s'est goinfrée, mais avec grâce. C'est un peu, il faut bien le dire, sa méthode en toutes choses.

13

De retour à l'hôtel, Pomponette n'a plus la force d'interroger l'intime hochet qui l'aide à se bercer. Elle s'empare de la zappette et réveille la tivi. Istanbul gronde. Des élections se sont faufilées dans le collimateur du magma turco-démocratique. Exempte du droit de vote de par son statut d'apolitique touriste, Pomponette n'en suit pas moins les débats avec intérêt et suspicion, comme il se doit. Elle craint que l'islamisme n'islamise un peu trop les islamistes déjà islamisés mais fait confiance aux islamistes point trop encore islamisés pour ne pas se laisser excessivement islamiser. Quant aux musulmans, elle ne sait pas. Il faudrait qu'elle se renseigne. Elle compulse avec circonspection le Coran qui trône sur sa table de chevet et se dit qu'il lui manque et les bases et les sommets, difficile de se faire une idée, la chose étant sûrement sujette aux interprétations. Il faudrait qu'elle demande à… tiens ! Et pourquoi pas à Soliman ? Pomponette éprouve alors un minuscule serrement au cœur qui modifie d'à peine 1 % la dilation de ses veines les plus utiles quand la nuit tombe. Son Turc à jouir était certes doué question literie, mais côté communication, *forget it*. Enfin, il aura eu au moins le mérite de me souffler une idée de destination, reconnaît-elle en laissant choir la zappette sur le tapis. Elle n'ose imaginer où elle serait en ce moment si son amant avait été originaire de Vénus.

(Quelque part dans la galaxie, le grand Diouti Fri céleste se frotte les mains : Istanbul fait toujours rêver ses créatures.)

14

Ce qu'il advint de Pomponette et d'Istanbul, ces deux aspérités embarquées dans le vaste tourniquet du temps et de l'espace, qui s'en soucie ? L'une et l'autre avaient des choses à se dire, des secrets à partager, des sensations à échanger. Chacune aspirait à s'emplir d'un peu de l'autre, sans doute, afin d'y gagner ou d'y perdre quelques grammes de préjugés. Il est des rencontres qui n'engagent que les sens et se contentent d'une poignée de frissons et de deux ou trois illuminations nocturnes. Les villes sont comme les femmes, prétend le sage, puis il rentre chez lui, vide son pack de bières et bat son épouse, ses enfants et son chien. Qu'il brûle en enfer, à petits feux. Non, les villes ne sont pas comme les femmes, sauf quand elles sont mises à sac par les hommes, pillées, violées, leurs collines originelles arasées afin d'établir à leur place d'autres éminences, faites de charniers, ces mutiques composts.

Pomponette se fiche pas mal de Soliman, à vrai dire. Les Soliman, elle le sait, sont légion, triste légion, ils courent les rues, la queue entre les pattes, le regard baladeur, que ce soit à Istanbul ou à Paris, convoitant tout ce qui s'échancre et souillant tout ce qui pétille, et si elle en a vu un, alors elle en croisera dix, s'évitant ainsi d'en supporter cent.

Le Turc avec lequel elle a partagé davantage que des émotions mais moins que des convictions, ce Turc-là, elle le sait, n'avait rien de très ottoman, mais ce qu'il voulut lui faire croire et ce qu'elle fit mine de gober avait sans doute un sens à ses yeux, alors pourquoi le démasquer ? Au jeu d'ordinaire ennuyeux de cache-cache, ils avaient su trouver une alternative excitante. Est-on moins dupe quand on tamise soi-même la farine dans laquelle l'autre croit vous rouler ?

Adieu, Soliman, murmure Pomponette, qui n'est pas à un mâle près. Si d'aventure un jour elle venait à le croiser encore, elle ferait mine de ne point le reconnaître, afin de redonner toutes ses chances à la surprise des premières rencontres, et peut-être d'ailleurs ne le reconnaîtrait-elle pas, car elle-même serait devenue autre, plus âgée de quelques mois et d'un millier de sensations, mais toujours aussi entrebâillée aux aventures, sachant écouter le vent et repérer les girouettes, éventuellement sereine, mais sans trop d'acharnement, prompte à fusionner avec ses envies, et de moins en moins éblouie par ce que les mâles ont à lui offrir.

Une fois de plus, alanguie et peignoir en parenthèses, Pomponette contribue à l'épanouissement de certains détails de sa personnalité anatomique.

Demain, qui sait, elle s'en ira prier, seule, debout, face au Bosphore écartelé, elle priera pour ses sœurs en libido qui, chaque soir, par paresse ou insouciance, rêvent de toutes sortes de Soliman en attendant le Grand Matin.

Puis, rassasiée si la chose a un sens, elle prendra le temps – et ce dernier la sentira passer, légère.

Ce 126e volume de l'Arbre vengeur a été achevé d'imprimer
en France par l'imprimerie Lussaud en janvier 2015.

Dépôt légal : 1er trimestre 2015

Diffusion / distribution : Les Belles Lettres

Éditions de l'Arbre vengeur
15 rue Berthomé
33400 Talence

www.arbre-vengeur.fr